異世界兄妹の料理無双

～なかよし兄妹、極うま料理で異世界を席巻する！～

雛宮さゆら

この作品はフィクションです。
実在の人物・団体・事件などに
一切関係ありません。

異世界兄妹の料理無双

contents

～なかよし兄妹、極うま料理で異世界を席巻する！～

異世界兄妹の料理無双

～なかよし兄妹、極うま料理で異世界を席巻する！～

プロローグ

夜の厨房にいるのはリュカひとりだ。リュカは六歳だ。まだ小さくて背が届かないので木箱に乗って調理台に向かっている。

うわぁ、と大声をあげてリュカは飛びあがった。

「だ、だ、だれっ!?」

「リュカさま、なにをやっていらっしゃるのですか?」

「あ、オーブリー……いや、うん、なんでも、ない……」

リュカは小さな声でしょぼしょぼと言った。そんなリュカのもとに声の主がどかどかと歩いてくる。でっぷり太った調理長のオーブリーだ。オーブリーは腰に手を当ててリュカの前に立つ。まるでそびえ立つ大木のようだし、鬼神といわれる森の生きものオルクスのようでもある。

「なんでもなくはないでしょう。こんな時間になにをしてらっしゃるのですか?」

「なにって……別に、なにもしてない……よ?」

オーブリーに隠せるわけがなかった。夜中の厨房に大きな足音を響かせてオーブリーはリュカに近づいてきた。リュカは慌てて調理台の上の散らかったものをかき集めようとする。六歳の子供の小さな手では間に合わなかった。

「なんですか、これは」

「ゴリアンテの肉……」

「えっ、ゴリアンテ？」

オーブリーが驚いた声をあげる。調理台の上にはひと口大に切った肉が五つと、かたまりのまま転がっている肉がたくさんあった。細かく刻んでペースト状にされたきのこと、隅に転がっているのはリュカの手に収まる小さな工具だ。オーブリーはこのうえなく訝《いぶか》しい目でリュカを見た。

「これが、ゴリアンテの肉ですか？　これはなんですか、なにを刻んだんですか？　しかもこんな状態にして。なんのために？」

「きのこ……を、刻んだ、んだよ」

リュカはおどおどとそう言った。

「きのこ？」

「いつも青物屋が持ってくるやつ」

きのこにはさまざまな種類があるけれど、リュカはその中から特に傘の部分が平たいものを選んだ。それを細かく刻んで、ゴリアンテの肉に擦りつけている最中だったのだ。

「それはわかっています、私が聞いているのは、なぜ夜中におひとりでごそごそやっているのかということです。厨房に幽霊が出るとみんな怯《おび》えてますよ⁉」

「わぁ、それはごめん！」

オーブリーの大声が厨房に響いた。リュカは両手で耳を塞ぐ。

「リュカさまは、ベルティエ伯爵家の、ご子息なんですよ！　伯爵家のご子息が夜中に厨房でゴリアンテの肉を切り刻んでるなんて、どういうことですか！」

「切り刻んでるって……」

ますますしおしおとそう言うリュカだ。しかしオーブリーは容赦しない。

「こんな肉、いったいどこで手に入れたんですか。伯爵子息たるお方が、厨房で、ゴリアンテの肉いじりとは！　しかもこんな真夜中に！　六歳のお子さまが！　お子さまは寝ている時間です!!」

「……オーブリー、うるさい……」

ぼそっとリュカが呟くと、オーブリーは人に害をなすモンスターを前にしたかのように睨んできた。

「とにかくもうおやめなさい！　そして子供はベッドの時間です！」

「はぁい……」

両親より乳母より家庭教師よりいとこたちより、リュカは調理長が怖い。オーブリーはリュカを抱きあげると乗っていたワインの木箱から下ろした。

「まったくもう、どうしてこんなお子なんでしょうね」

ゴリアンテの肉で脂《あぶら》まみれになったリュカの手をごしごしと洗ってくれる。オーブリーはぶつぶつ言っている。

「厨房に忍び込んではこんなことばかりして……肉をいじるとか野菜を刻むとか、いったいどこで覚えてきたんでしょうか」

「それは……」

思わず言ってしまいそうになって、慌ててリュカは口を閉じる。

(それは僕に、前世の記憶があるからだよ)

レニエ王国、ベルティィエ伯爵家長男リュカ、六歳。

この世界に生まれる前は、二十一世紀の日本で生まれ育った川永広瀬《かわながひろせ》という名前の男子高校生だった。

川永広瀬は食べることと料理がなによりも好きな高校生だった。どうして前世の記憶があるのかリュカにはわからない。記憶も完全にはっきりしているわけではない。高校生として生活していたことは覚えているけれどそれ以前や、高校生よりあとの人生についてはは覚えていない。

それでも無性に美味しいものが食べたいという衝動のもとに行動してしまうのは仕方のないことなのだ。前世の記憶があるから。前世と同じように、より美味しいものを求めてしまうのだ。


リュカのべたべたの手をオーブリーはすっかりきれいにしてくれる。首を傾げて調理台の上を見た。

「オーブリー、どうしたの？」

「これは、なんですか？」

「ああ……ジャガードっていって……ええと、筋切りの道具、かな？」

「筋切り？　肉の筋ですか？」

「そう、この針の先がいっぱい出てるところ、ここをざくざく肉に刺して上下に動かして叩くみたいにするんだ。こうしたら肉の筋が切れてゴリアンテの肉でも柔らかくなるよ」

ゴリアンテとは牛に似たモンスターだ。凶暴ではないが繁殖力が強く森のあちこちで群れをなしている。畑を荒らす嫌われものだ。牛に似ているけれど肉は固くてよほどの非常時でもないと食べることはない。もっとも領地の貧民たちには頼りになる食料だ。とはいえ食糧難の限界状態でも子供や年寄りには固くて食べられないと聞いてからリュカは試行《しこう》錯誤《さくご》してきた。

「ゴリアンテの肉を、柔らかく？　この肉を？　それではこれも関係あるのですか？」

「ああ、うん。まいたけ……きのこを刻んですりつぶしたの」

「どろっとしていてあまり美味くはなさそうですが。味つけはなにでしましたか？」

「このまま食べるんじゃないよ、ゴリアンテの肉に擦りつけるの。筋を切ってこのすりつぶしたきのこを肉に塗ると柔らかくなるんだ」

「へぇ……？」

　オーブリーは首を捻っている。きのこはいろいろな種類があるけれど、この世界では種類は特に区別されていない。リュカはその中でもまいたけに似たものと肉を合わせると柔らかくなることに気がついたのだ。まいたけにはタンパク質分解酵素が豊富に含まれているから肉のタンパク質を溶かして柔らかくすることは知っていた。しかしこの世界のまいたけに似たきのこも同じ酵素を持っているとは思わなかった。

　オーブリーはジャガードを手にする。

「針に気をつけて」

「この道具を、リュカさまが作られたのですか？」

「うん？　うん、そうだけど」

首を傾げるリュカの前、オーブリーはまじまじと調理台を見つめている。

「……オーブリー？　どうしたの……？」

（また怒られるのかな？）

思わずびくびくとリュカはオーブリーの顔色を窺った。

「ねぇ、どうしたの？」

「ふむ……これは」

オーブリーはペースト状のまいたけが塗られた肉をひと切れつまみあげる。ひょいっと口にしたのでリュカはぎょっとして声をあげた。

「生のまま食べちゃだめだよ！」

「固さを確かめるだけですよ……むっ、この切りかたはどこでお知りになったんですか？」

「え？」

（前世では、普通にやってた切りかたですが？）

まさかそう言うわけにはいかないので、リュカは慌てて口を押さえた。

「なるほど柔らかい。ゴリアンテの肉とは思えないな……それでいて歯ごたえは残っているな」

「オーブリー？」

ぶつぶつとひとりで呟いているオーブリーを、恐る恐る覗き込む。

「ゴリアンテの肉の臭みも、きのこの風味で新しいものになっている……」

「オ、オーブリー⁇」

「きのこをたくさん刻むのは大変だけれど人海戦術でいけば……これは、なかなか」

おどおどしながらオーブリーを覗き込んでいたリュカは、オーブリーが勢いよく振り返ったので大きな声をあげてしまった。

「うわあっ！」

「素晴らしい！」

「ど、どうしたの、オーブリー⁇」

「こういう方法は、考えたことがありませんでした。リュカさまにこんな創意工夫の能力がおありだとは知りませんでしたよ」

「なんだよそれ」

思わず突っ込んでしまう。オーブリーはなおも感心したように何度も頷いている。

「いやぁ、これは思いつかなかった……そうか、こうすれば……」

料理人魂に火がついたのか、オーブリーはぶつぶつ言っている。

（僕、部屋に戻っていいのかな？）

勝手に部屋に行っていいのか、しかし今のオーブリーにはリュカの声など聞こえていないようだ。暗い厨房の中ひとりでしゃべっているオーブリーを残して、リュカはそっと自分の部屋に帰った。

その日の晩餐には家族が見たことのない料理が出た。リュカだけはゴリアンテの肉だとわかった。澄ました顔をしているオーブリーを見やる。目が合ったオーブリーはにやりと笑った。

（勝手に厨房使ったこと、もう怒ってないのかな？）

今までにも厨房に立ったことがないわけではない。それでもゴリアンテの肉を調理したときのように夜に、こっそり、ひとりで調理台に向かったことはなかったのでオーブリーの登場にとても驚いたのだ。

（怒ってはないみたい……だけど、父さまや母さまにゴリアンテの肉を食べさせるなんて。いいのかな）

リュカはベルティエ伯爵家の子息で、つまり両親は爵位持ちの貴族だ。仮にも『貴族サマ』にモンスターの肉を食べさせるなんて。自分でやったことだけれどリュカはたいそう動揺した。

「皆さま方が今まで召しあがったことのないお料理です」

「おや、なんだろうね」

ベルティエ伯爵家の現主《あるじ》たるリュカの父、ルイゾンが楽しそうな声をあげた。父が笑うと豊かな口髭《くちひげ》が揺れる。

「見たことがない……肉料理かな？　美味しそうな匂いがするね。肉汁の匂いではないけれど……これはなにかな？」

「あっ」

リュカは思わず声をあげた。オーブリーが目配せをしてきたので慌てて口を噤む。家族の皆になんの肉か当てさせるつもりなのだろう。

（絶対当たらないと思うけど）

不思議そうな家族の顔を見まわしながらリュカは首をすくめた。

「メレスの肉でもイネッサの肉でもないわね……いったいなにかしら？」

「この匂い、いつものソースではないね。オーブリー、なにを入れた？」

ルイゾンとともに首を捻っているのはリュカの母、ポレットだ。亜麻色の髪が柔らかそうにさらりと揺れる。その隣に座っているのはこの家に住んでいる従兄《いとこ》のノエルだ。リュカより三つ年上の少年は大きな金色の目をくりくりさせながら物珍しい料理を見やっている。

「えいっ！」

「まあっ、ノエル！」

ノエルは素早く手を伸ばして肉をひと切れ奪い、頬張った。

「まぁまぁノエルさま、お行儀《ぎょうぎ》の悪い！」

声をあげたのは家族の食卓に控えている、母ポレットの乳母であるドリアーヌだ。

ポレットはもう子供もいる大人なのだから「乳母」と言うのはなんだかおかしいけれど乳をやらなくなってもその人物の世話をする乳母は永遠に乳母なのだ。

リュカにとっては祖母のような年齢の女性だけれど、今もこうやって母に仕え、母や母の子供たちの面倒を見る、とても若々しい女性だ。そしてとても、怖い。豊かなブルネットででっぷりと体格のいい四十絡みの女性で声が大きい。この家の者は使用人も含めてドリアーヌをとても恐れている。

「むぐ、むぐぐっ！」

「ノエル、お水はこちらよ」

行儀の悪いノエルを叱りつけるドリアーヌと笑いながらコップを差し出すポレットは対照的だ。ポレットはどこまでも穏やかな、優しい母だ。

「リュカさまはおわかりなのですか？」

「まぁね……うん」

そっとささやいてきた、リュカにだけ聞こえる声の主はマノンだ。リュカの乳母である彼女は二十代後半の少しばかり気弱な女性だ。淡い金髪と薄い青い目が優しい気質を表している。遠慮なくまわりの者を怒鳴りつけるドリアーヌをマノンも恐れている。

「このお料理、リュカさまがお作りになったのですか？」

「この料理を作ったのは僕じゃないよ、厨房のみんな。ゴリアンテの肉を美味しく食べる方法は僕が考えたけど」

「ゴリアンテの肉⁉」

「あっ、しまった」

リュカは慌てて口を噤んだけれどもう遅かった。驚いたマノンが大声をあげる。食堂にいる者たちがみんなマノンを見た。いつも物静かなマノンが声を張りあげたので皆が驚いたのだ。マノンは慌てて口を塞いだけれどもう遅い。食堂に騒ぎが起こった。

「そんな、まさか。ゴリアンテの肉だなんて」

「ありえないわ……あの、モンスターの肉を？　食べるの？　食べられるの？　食べていいものなの？」

「これ柔らかいし、すっごく美味しいよ？」

「まぁ、ノエルさまったら」

むぐむぐ口を動かしているノエルをドリアーヌが厳しく睨む。ノエルはびくっとした。それでも口を動かしている。

「そのような、モンスターの肉なんて！　貧民や流民《るみん》が食べるものです！　伯爵家の方々にそのようなものを食べさせるなんて、オーブリー！　いくら食べやすく料理できたといってもなんということをするの！」

「は、あ……申し訳ございません……」

オーブリーは声も体も大きくてリュカには怖い相手だけれど、この家でもっとも恐ろしいのはドリアーヌだ。

「いいじゃないの、ドリアーヌ」

そんな恐ろしいドリアーヌを宥められるのはこの家で一番上の立場の女性であるポレットだけだ。にこにこしているポレットに声をかけられてはドリアーヌも怒っていられないらしい。居心地悪そうに口をもごもごさせている。

「ゴリアンテの肉をこんなに美味しくできるのなら、貧しい者たちも助かるでしょう。ねえオーブリー、この料理の仕方を貧民街のみんなに教えてやってね」

ポレットが穏和《おんわ》な口調でそう言った。

「もちろんです！」

ドリアーヌはまだ治まらないようだけれど、食堂は和《なご》やかな雰囲気になっている。ドリアーヌも「貧民たちの助けになるのなら」と譲歩せざるを得ないようだ。皆がゴリアンテの肉料理に舌鼓を打つ中、居心地悪そうにもじもじしているのはマノンだ。

「マノンはどう思う？」

「な、にが……でしょうか？」

「ゴリアンテの肉のことだよ。やはりモンスターの肉を食べるなどとは身分に適《かな》った行ないではないかな？」

　主《あるじ》であるルイゾンに尋ねられてマノンはおろおろしている。助けを求めるような視線と目が合ったけれどリュカは困って首を傾げることしかできない。

「わ、たしは……美味しければ、いいと思います」

「そうだな、マノンもこう言っている。オーブリー、ぜひともこのゴリアンテの肉の料理の仕方を貧民たちに教えてやってくれ。そのためにはなんなりと手伝おう」

「そんな、私の意見など……」

　マノンがおろおろしている。そこに響き渡るのは小さな子供の声だ。ノエルの妹（つまりリュカの従妹《いとこ》）のセリアがはしゃいで声をあげたのだ。

「きゃーっ、おいし、おいし！」

「セリアさまもお気に召しましたか」

　自分の乳母にゴリアンテの肉料理を食べさせてもらってご機嫌な声を立てている。セリアはまだ三歳なので食事も乳母がつきっきりだ。

「よかったこと。セリア、美味しい？」

「おいし！　お、ばさーま、おばさ、ま！」

口のまわりをソースだらけにしたセリアが、小さな手をポレットのお腹に伸ばしている。ポレットのお腹は大きくなっていて、来月にもリュカの新しいきょうだいが生まれるのだ。

「あかちゃ！　あかちゃ、まだ？　あかちゃ、まだ⁉」

セリアはまだちゃんと言葉が話せない。そのたどたどしい言葉に家族が皆、笑顔になる。

「そうね、明日かしら、明後日かしら」

「あかちゃ、あした？　あした？」

セリアは、ぱっと顔を輝かせた。

「あした？　あした、あかちゃ？　あかちゃ、くる？」

「ははは、それはどうだろうか」

ルイゾンが笑ってその蓄えた髭が揺れる。そんな光景を見るとリュカはいつも幸せな気分になった。

「あした？　あした、じゃない？　あした？　あ、した、また、あした？」

「明日の明日の明日かなぁ？」

「こら、ノエル。ややこしいことを言わないの」

ポレットに軽く叱られてノエルは肩をすくめて小さく舌を出す。そんなノエルをリュカは笑いながら見た。

リュカは今は六歳の子供の姿だけれどその意識は日本の高校生なのだ。リュカが伯爵家の息子として転生したこのレニエ王国は環境や文化がまったく違う。特に文明の点で言えば二十一世紀の日本は断然に便利だった。こっそり厨房に立つ時間は水道やガスが懐かしいけれど、これはこれで楽しいから問題はない。

（ここは、楽しい）

家族に囲まれていると、とても幸せな気分になる。前世ではあまり家族に恵まれなかったからかもしれない。

（こうやって生まれ変わることもあるんだから、あすかにまた会えないかな）

あすかとは、前世でのリュカ――広瀬の妹である。四歳年下で、よく一緒に台所に立った。料理をするのは主に広瀬だったけれど、手伝ってくれるあすかのアイデアにはいつも感心させられたものだ。

かつての妹のあすかのことを考えながら、リュカはポレットの大きなお腹に目をやった。

第一章　妹の誕生

陽が射し込むサンルームにリュカはいた。

太陽は暖かいけれどリュカ、一緒にいるノエルはそれどころではない。そわそわとあちらを見、こちらを見、足もとを見て天井を見て、サンルームのドアを見た。

「落ち着けよリュカ」

「ノエルの方が落ち着いてないけど」

「うるさいな！」

ノエルはキレる。リュカは思わず笑った。サンルームにはリュカと、従兄《いとこ》のノエル（リュカの父とノエルの母がきょうだいなのだ）、乳母のマノンが控えている。不安そうな顔をしている皆を見ているとリュカは逆に冷静になった。

「まぁいいから落ち着いて。座りなよノエル」

「どうしておまえが指示するんだ！」

ノエルはリュカの隣にどすんと勢いよく腰かけた。ふかふかの座面が大きく揺れる。

「ポレットさま、大丈夫かな……」

「どうだろうね……」

　ふたりの不安な声は、足もとにぽとんと落ちた。

「もう、どれくらいになる？」

　言いながらノエルが振り向いた。控えているマノンは困ったような顔をする。とても落ち着かない様子だ。

「そろそろ一日は経ちますね」

「まだかな？」

「リュカさまのときは二日近くかかりました」

　おずおずとマノンが言った。

「そっか……」

　陣痛はずっと続くわけではない。断続的に痛みが緩む波があると聞いている。それにしても長時間苦しみ続けるのはどれほど辛いだろう。リュカは胸を痛めた。

「リュカさま、それほどに思い詰めたお顔をなさらずとも」

「そんな顔してる？」

　心配そうにマノンに言われた。リュカは自分の顔に触れる。

「こうやってリュカさまもノエルさまも無事をお祈りしてお待ちしているのですから。お母さまも新しいごきょうだいも元気にお産を乗り越えられますよ」

「だといいけど……」

それでもリュカも、ノエルも落ち着かない。リュカは「あっ」と声をあげてぱたぱた部屋を出た。

「どうしたの？」

「これ、飲んで！」

「お茶？　なんか知らない匂いがするな？」

リュカは厨房に走って、最近試しに作っていた茶を淹れてきたのだ。

「マリタンのお茶だよ」

「へぇ？」

マリタンとは薬草の名前だ。リュカはこれをバイイの森の中で見つけた。マリタンからは前世でよく飲んだカモミールのハーブティーの匂いがしたのだ。ノエルにはぴんと来ないようだ。カップからあがる湯気に鼻を近づける。

「あちっ」

「気をつけて」

ひるんだノエルはそれでも好奇心に逆《さか》らえなかったらしい。果敢《かかん》にカップの持ち手に指をかけて口に運んだ。

「あちちっ、けど美味しい！」

「よかった」

「リュカさま、これは？」

不思議そうな顔でマノンが尋ねてきた。

「気持ちが落ち着くお茶だよ」

「心を鎮めるお茶ならコルニュが定番だと思いましたが。マリタンも美味しいのですね」

「もちろんだよ。僕はコルニュが生えてるの見たことないけど、マリタンってコルニュに似てるんでしょ？　その話聞いたから、マリタン見つけてこれかなって思ったんだ」

「そうですね……確かに匂いが似ています」

「いい匂いだから味もいいと思ったんだ。マノンも飲んでみる？」

「いいのですか？」

「もちろんだよ、どうぞ！」

前世でもよく飲んでいたカモミールティーによく似た香りのハーブを見つけたバイイの森は、屋敷から少し歩いたところにある。乳母のマノンの目を盗んでこっそり行ったときに見つけた。責任感の強いマノンがどう思うか気になるけれど、そのマノンもリュカの持ってきた茶に興味津々だ。

ひとしきり三人は茶を楽しんだ。ふとノエルが言う。

「叔母さま、頑張ってるのかな……」

「そうだね……」

「そろそろ生まれたって知らせがあってもいいと思うんだけど」

「うん、僕たちリラックスしすぎたかも」

ノエルもリュカもマノンもサンルームのドアを見やった。出産が終われば呼びに来るはずのメイドの足音は気配さえもない。安らぐお茶でいったんほっとしただけによけいに心配になってしまう。

「子供を生んだことのある人のお産は軽いって聞いたけど？」

「人によると思うよ」

そう言ったリュカはノエルに睨まれた。なぜだとリュカは首を傾げた。

「男だからって、どうしてこうやって待ってなきゃいけないんだ」

「父さまは寝室にいるけど？」

リュカが本当のことを言うと、ノエルはまた睨んできた。

「どうしてそういうこと言うんだ！」

「そういうことって、どういうこと？」

リュカは首を傾げる。もう何度ノエルに睨まれたかわからない。

「はぁ」

どこか大人っぽいため息をつき、ノエルはまたドアの方に目をやった。

「まだかな」

「うん……」

サンルームにはまた沈黙が落ちた。そんな時間が繰り返される。ノエルがすっくと立ちあがった。

「もう、我慢できない！」

「うわ、びっくりした」

「叱られてもいい、僕は伯母さまのところに行く！」

「そういう子供っぽいことするから、母さまの寝室に入れてもらえないんじゃないかな」

「リュカっ！」

ノエルの声が響き渡った。

「いけません、ノエルさま。呼びに来るまで勝手に産屋《うぶや》に入っては」

「でも、心配なんだもん！　気になる！　もう我慢できない！」

ノエルは勢いよく立ちあがってドアに駆け寄る。ノエルがドアノブに触れる前にサンルームのドアが、がちゃりと開いた。

「う、わっ！」

「坊ちゃま方、ポレットさまが……」

「あ、っ」

入ってきたのは母のポレットの侍女のひとり、デジレだ。三十歳くらいの元気な女性だ。

「坊ちゃま方、イザボーさまがお呼びですよ」

「！」

ノエルが立ちあがった。リュカも勢いよく立ちあがる。二十一世紀の日本でだって出産で死ぬ人はいた。ましてやこの時代はもっと出産が難しい。リュカの出産はうまくいった。だからといって今回もうまくいくとは限らない。

「母さまはどうなったの!?」

イザボーとは産婆《さんば》だ。今までベルティエ伯爵家に生まれた子供たちをたくさん取りあげてきた古強者《ふるつわもの》だ。ノエルと妹のセリアもイザボーに取りあげられた。そんな産婆が呼んでいるとは。ポレットの出産に進捗があったのか。リュカたちは浮き足だった。

「母さま、母さま！」

「叔母さま！」

「ノエルさま、リュカさま！　お静かになさって！」

ふたりを制するマノンの言葉を待たずにふたりは駆け出した。ノエルの落ち着かなさをクールに見ていたつもりのリュカだったけれど今の足どりはノエルと変わらない。産婆のイザボーが呼んでいるということは新しいきょうだいが生まれたのかもしれない。母は無事だろうか。リュカも落ち着いていられなくなって絨毯敷きの廊下を走った。

「ノエル兄さま、待って待って！」

ノエルを追いかけるリュカの胸はどきどきと鳴っている。

「母さま!!」

「まぁ、ノエルさま。リュカさま。お行儀の悪い」

リュカたちが飛び込んだのは産屋の前の控室だった。リュカたちを注意したのは貫禄のある体格をした年輩の女性、産婆のイザボーだ。ノエルもリュカもこの産婆に取りあげてもらった。そのときの記憶はもちろんない。イザボーはベルティエ伯爵家や緑のある家々でも重宝されている産婆だからしょっちゅう会ってはかわいがってもらっている。出産を前にした母のもとに毎日のようにやってきていたからここしばらくは毎日顔を合わせていた。そんな産婆のいつも通りの穏やかなのんびりとした声に、リュカは少しだけ安堵した。

「イザボー、叔母さまは？　赤ちゃんは？」

大声でノエルが叫ぶ。控えている年輩の使用人が怒った顔をした。唇に立てた人差し指を当てて「しーっ！」と控えめに制止の声をあげている。

「ごめん、ねぇ叔母さまは？」

「……あ！」

同時にあたりに「ああん、ああん」と子猫のような泣き声が響き渡る。その場の者は皆口を噤んで目を見開いた。

「生まれた……？」

皆は唖然としていたけれど、最初に動いたのはノエルだった。産屋の中に飛び込もうとする従兄にリュカも続いた。

「母さま！」

まず目に入ったのは真っ白なベッドに横たわるポレット。そして真っ赤なかたまりだった。うごうご動くそれは生まれたばかりの赤ん坊だ。子猫のような鳴き声をあげているのはまさにその赤ん坊だ。リュカはそちらに駆け寄る。

「リュカさまの新しい妹姫ですよ」

「いもうと……」

新しい妹は泣きやまない。リュカはそろそろと近寄った。子供のリュカの手でも掬《すく》い取れそうなくらい小さな赤ん坊はふにゃふにゃ泣きながら小さな手足を震わせている。真っ赤だし顔も全身もくしゃくしゃだ。お世辞にもかわいいとは言えない。それでも泣き声は聞いていてほんわりする。なによりも母のポレットが愛おしくてたまらないという気持ちを隠しもせずに赤ん坊を見つめているのだ。その光景は聖母子像そのものだ。

「リュカ、おまえの妹よ。ノエルとセリアの従妹ね」

疲労に掠れた声でポレットは言った。生まれたばかりの赤ん坊はふいに泣きやんで、大きなうるうるの目でじっとリュカを見る。

「……あ」

「どうしたんだ、リュカ？」

心配そうに声をかけてきたのは枕もとに立っている父のルイゾンだ。その足もとにはセリアがいて「あかちゃ、あかちゃ！」と生まれたばかりの従妹に触りたがっている。

「リュカ？」

「……あすか！」

リュカは大声で叫んでいた。赤ん坊は驚いたように大きな目をますます大きく開いて泣き出してしまう。

「あかちゃ！　これ、あかちゃ！」

セリアが首を傾げてリュカを覗き込んでくる。

「あかちゃ、あかちゃよ？」

「セリアに教えてもらっちゃったね」

「う、うん」

「リュカ、この子の名前はカリーヌよ」

「そ、そうなんだ……」

「どうしたの、リュカ。あすかってなんのこと？」

「ううん、なんでもない……」

まわりの者にじろじろ見られながらリュカは思わず身を小さくした。

(前世での妹だなんて言えるわけない！)

よけいなことを言わないように口をつぐんだまま、リュカはじっと新しい妹を見た。生まれたばかりでくしゃくしゃで顔立ちもよくわからないけれど、それでも間違いなくあすかだ。

(あすかに会えたらなって思ってたけど……まさか本当に会えるなんて。この世界でもきょうだいだなんて)

「リュカ、カリーヌが気に入ったみたいね」

「あ、うん」

「違うよ、リュカ。カリーヌが、リュカを気に入ったんだよ」

「ノエル兄さま！」

「ふふふふふ」

ノエルはリュカを見ながらおかしな声で笑っている。ひとしきり泣いたあとは産湯を使い少しは人間っぽくなったあすか——ではなくカリーヌは、今は父のルイゾンの腕に抱かれて眠っているようだ。

「カリーヌは賢そうな顔をしているわね」

満足だという口調でポレットが言った。

「きっと、とてもいい子だわ」

「母さま、俺は？」

「あたち！　あ、たち！　あたちっ！」

「僕は、僕は？　僕もいい子だよ！」

「もちろんノエルもリュカもセリアも、みんないい子で優しい子よ」

母の言葉にみんな嬉しそうな顔をした。もちろんリュカもだ。

寝室は柔らかくて暖かい光に満ちている。生まれたばかりの妹カリーヌが「ふにゃ」と子猫のような声で泣いた。


カリーヌの誕生に湧いた産屋はすぐに静かになった。

小さな赤ん坊は眠ってしまったし出産を終えたばかりのポレットにも休息が必要だ。産屋から出て自分の部屋に戻ったリュカは、家庭教師のバルナベが来るのを待っている。

「リュカさま、あの……」

「どうしたの、マノン」

「リュカさまにお客さまが」

ていく。

「お客さま？」

リュカに訪問者があるなんて。心当たりがなくてリュカは首を傾げながらマノンについていく。

「なんで裏門？　いったいどんなお客さま……？」

陽の当たらない裏門の前に三人の子供が立っていた。あちこち破れたり継ぎの当たっている服を着て髪はぼさぼさだし顔は汚れている。

「エクトル、ジョス！　マルクも！」

「リュカ」

周辺の住人たちに『泥舟街』と呼ばれている貧民街の子供たちだ。親のない貧民の子供たちと貴族の子息など身分違いだと、リュカが彼らと仲よくすることをこころよく思わない者もいる。リュカはそのようなことは思っていないけれど。彼らが訪ねてくることは珍しい。

「どうしたの？」

「あ、の……赤ちゃんが生まれたって聞いて」

エクトルは静かで落ちついた性格だ。まだ十歳だけれど大人っぽくて泥舟街の幼い子供たちに慕われている。エクトルがおずおずと言った。

「えっ、カリーヌのこと？　耳が早いね」

「お祝いを、持ってきた」

「えっ」

驚くリュカの手に花束を渡してきたのはジョスだ。明るく活発な女の子で、リュカと同じ六歳だ。

「わあ……ありがとう。いや、本当に、ありがとう……」

花束とはいってもベルティエ伯爵家の屋敷に飾ってあるような華やかなものではない。野の花を集めて草を紐がわりに束ねたものだ。それでもエクトルたちの気持ちが伝わってくる。リュカはしみじみと花束を見つめた。

「なによ、あたしが花なんか似合わないって思ってるんでしょ！」

「そんなことないよ。ただすごくびっくりしただけ。これ、妹に？」

「女の子なんだね。かわいい？」

「おんなのこ？　あかちゃんかわいい？　あかちゃんみる！」

「こら、マルク。静かにしろ！」

エクトルのげんこつがマルクの脳天に直撃する。マルクのもっと大きな声が響いてマノンが目を白黒させている。慣れてるのだろうマルクはすぐに立ち直ってリュカに抱きつく。

「こないだ、たべた！」

「なにを？」

「ゴリアンテの肉だよ」

マルクの発言を補足したエクトルの言葉にリュカは驚いた。

「あんなに食べやすくて美味しいゴリアンテの肉、食べたことなくて。貧民街の大人たちが、ベルティエ伯爵家の若さまが工夫したんだって言ってたから、リュカかなって」

「この花は、そのお礼ってこと?」

「も、もちろん、赤ちゃんのおめでとうも、ある!」

焦ったようにエクトルが言った。

「だから、両方! おめでとうと、ありがとう」

「そうなんだ……ありがとう」

「ね、うれしい? うれしい?」

幼いマルクが何度も訊いてきて、リュカは笑いながら「嬉しいよ、ありがとう」と言って笑いかけた。

「よかった、ねぇエクトル、リュカうれしいって!」

「もうマルク、静かにしてよ」

ぷんすかするジョスを気にもせずにマルクはぴょんぴょん跳ねている。

「マルク、お肉美味しかった?」

「おいしかったよ!」

幼い少年の弾けるような笑顔を目にリュカは「そうか、よかった」と呟いて笑った。

「よかったな、あすか……じゃない、カリーヌ。たくさんの人が祝福してくれてる」

誰にも聞こえないようにリュカは小さく言った。

第二章　妹との日々

カリーヌは贔屓《ひいき》目《め》抜きでかわいい赤ん坊だった。本当に本当にかわいらしかった。

リュカは毎日カリーヌの部屋に通った。生まれたばかりの赤ん坊の部屋はよく陽が当たって暖かいから居心地がいい。それ以上にリュカがなによりも楽しみにしているのは妹のカリーヌの顔を見ることだった。

「カリーヌ、元気？」

「いらっしゃいませ、リュカさま」

にこやかにリュカを迎えたのは母ポレットの侍女であるデジレだ。六歳のリュカから見ると立派な大人で同時に心がとても若々しい。ポレットに仕えリュカを含むこの家に住まう子供たちの面倒を見ている。

（僕みたいな子供に『若々しい』とか思われても嬉しくないだろうけど）

前世の自分がどうやって人生を終えたのかは覚えていない。今の意識の中でいちばんはっきりしているのは高校生くらいのころの記憶だ。そのころ両親が離婚して父と暮らすことになった。そんな生活の中、広瀬は料理を覚えたのだ。

（あれ……あすかはどうしてたのかな。あすかは……母さんに引き取られたんだっけ？）

「ふにゃああ」

「あらあら、カリーヌさまどうなさいました？」

カリーヌの子猫のような泣き声にドリアーヌがぱたぱたと駆け寄った。部屋はとにかく広い。この家で生まれ育ったリュカにとっては驚くことではないけれど前世の記憶を辿ってもこんな広い部屋は学校の体育館くらいしか記憶にない。赤ん坊が泣きだしたときには走らないとゆりかごまで間に合わないという広さはすごい。

リュカはひょいとゆりかごの中を覗き込んでドリアーヌのあやしているカリーヌを見る。ドリアーヌは子守のベテランだ。ふにゃふにゃと泣いているカリーヌはドリアーヌの腕をあまり喜んでいないようだ。いやがっているほどではないけれどドリアーヌの手が好きではないようだ。

「ねぇ、ドリアーヌ」

「なんですか、リュカさま」

「僕、カリーヌをあやしたい」

ドリアーヌは訝しげにリュカを見た。予想通りだ。リュカは手を伸ばして妹のほっぺに触る。白くて柔らかくてふわふわだ。ドリアーヌが慌てて「リュカさま！」と声をあげた。

赤ん坊に慣れていないリュカがカリーヌをもっと泣かせると思ったのだろう。カリーヌは泣くのをやめてきゃっきゃと笑い声を立てた。

「まぁ、カリーヌさま」

ドリアーヌが驚いている。喜ぶカリーヌが嬉しくてなおもすりすりとほっぺを撫でる。カリーヌはますますきゃっきゃっと楽しげな声をあげた。

「カリーヌはリュカが大好きなのね」

「母さま」

窓際の陽当たりのいいところで揺り椅子に座っているポレットが優しい笑みでこちらを見ている。

「生まれたときもずっとリュカを呼んでいたもの」

「えっ、生まれたとき？」

「そうよ。ずっとお兄ちゃんに会いたいって言ってたの。この子はお兄ちゃんが大好きなんだなって思ったわ」

「そうなんだ……」

「その通りだったみたいね」

カリーヌは小さな足をしきりにぱたぱたさせている。あうあうと洩らす喃語《なんご》もリュカを呼んでいるようで新しい妹がますます愛《いと》おしくなる。

「カリーヌ、カリーヌ？」

「うぃや、ややぁ、あうっ！」

言っていることは意味不明だ。相手をするのは楽しい。リュカはしきりにカリーヌに話しかけた。

「おまえはなにが好きかなぁ？　甘いもの？　辛いもの？　柔らかいもの？　噛みごたえのあるもの？」

「まぁまぁリュカさま、そのようなことまだわかるはずありませんのに」

ドリアーヌは笑うけれどリュカは本気だ。カリーヌがあすかなのなら、好きなものは具なしの蒸しパンに羽二重餅《はぶたえもち》。あすかは甘いものが好きだけれどパンだのまんじゅうだのの中の餡やクリームは好きではなかった。もっとも「あんパンだけは例外」と言っていた。ずいぶん例外が多かったような気もするけれど。

その日の夜中、誰もいなくなった厨房にリュカは忍び込んだ。戸棚に手を伸ばして小麦粉を取り出す。どっしりした麻袋を抱えてよたよたと厨房を歩き、水場に置いた大きなボウルの中に粉を入れ牛乳を入れ、割りほぐした卵を加える。

ベルティエ伯爵家は裕福である。身分に応じた広い領地からの貢納《こうのう》があるからだ。それでも砂糖はほとんど手に入らない。砂糖の精製にはとても手間がかかるからだ。まずはサトウキビを押しつぶして絞る。不純物を取り除いて煮詰めると砂糖の結晶ができる。それを遠心分離したものが粗糖《そとう》だ。もう一度溶かして残っている不純物を取り除いたものが白砂糖や黒砂糖などに加工されるのだ。前世に工場見学で見たことを思い出したけれどとてもとてもとても手間がかかる。便利な機械などないこの世界だから砂糖は生産量がとても少ないのだ。甘味にははちみつや樹木の蜜《みつ》を使っている。しかし一歳未満の子供にはちみつを与えてはいけない。セリアの離乳食にはちみつが使われかけたときは全力で止めた。

リュカは空《から》のワインの木箱に乗って戸棚の奥に手を伸ばす。

(こんなことしてるってばれたら絶対、オーブリーに怒られる……)

壺に入っている樹蜜をこっそりとボウルに投入する。はちみつにはボッリヌス菌が潜在していることが多い。とりあえずはちみつは避けるが吉《きち》である。はちみつだけではなく井戸水などにもボツリヌス菌がいて乳児ボツリヌス症が起こると記憶にあるけれど、その原因であるボツリヌス菌は熱に強い芽胞《がほう》を作ることから加熱をすれば問題ないようだ。樹蜜はサトウキビから作る砂糖と同じなので乳児ボツリヌス症の心配は少ないけれど念のためしっかりと加熱した。

(これくらいじゃ充分に甘くならないな)

樹蜜の壺はすぐにからになってしまった。確実に怒られるけれどカリーヌを喜ばせたい気持ちの方が大きいのだ。

「ベーキングパウダー、じゃなくて……」

厨房の奥の棚から白い壺を取り出した。この世界にもパンはあるがリュカが知っているようなパンではない。固いし弾力はないし味はないしぼろぼろで口に残るさんざんな代物《しろもの》だ。

「これで膨らむかな……？」

パンを膨らませるためのベーキングパウダーは十九世紀になってから一般的になったはずだ。パンは「イエス・キリストの肉」と言われるくらいで西洋文化ではあたりまえのものだと思っていた。リュカの体感的に似たような文化圏にあるらしいこの世界にベーキングパウダーはない。パンを膨らませるのは「パン種」と呼ばれる粉で何回か使った感覚から思うに酵母《こうぼ》でできている。

（酵母使ってうまく蒸しあがればいいけど）

もっとも今のカリーヌが蒸しパンなど食べられるわけがない。どう膨らもうと蒸しあがろうとカリーヌにはわからない。リュカが妹のためになにかしたいだけなのだ。

「よいしょ、よいしょ、よいしょ」

パン種を入れてボウルの中を懸命にがしゃがしゃ混ぜる。道具は金属のへらだ。泡立て器があればこんなに苦労しないのに。ないのは泡立て器だけではないけれど。ベルティエ伯爵家にはリュカの知らないものがたくさんあるけれど、この世界の文明は二十一世紀の日本の技術力には遠く及ばない。

「よいしょ、よいしょ」

ときどき生地のとろみを確認する。満足できる状態になったところで手を止めた。厨房で一番小さい玉じゃくしで生地を掬って器に入れる。器を大きな蒸し器の中に並べた。この蒸し器はリュカが入れるくらいに大きい。手を伸ばして器を並べていると中に落ちてしまいそうだ。この家の家族と使用人すべての腹を満たすための厨房なのだ、なにもかもが大きい。

蒸し器の蓋を置いて火の具合を見る。見張っていないとすぐに火が弱くなってしまう。こういうところは本当に不便だし前世の設備が恋しい。同時に酵母で蒸しパンが膨らむかどうか挑戦してみるのは面白かった。

十五分ほど経って恐る恐る蒸し器の蓋を取る。ふわりと甘い匂いが漂ってきた。

「いい匂い。樹蜜を奮発《ふんぱつ》した甲斐《かい》、あったかな」

リュカは蒸し器の中を覗き込んだ。ぶわっとあがった湯気にむせる。みっつ並んだ蒸しパンは予想ほど美味しそうな見かけではなかったけれど、それでも充分に蒸しパンだ。

「カリーヌは喜んでくれるかな」

あち、あちっ、と声を出しながら蒸しパンを取り出す。このまま調理台に置いて粗熱《あらねつ》を取りたいところだけれど厨房に放置していてはオーブリーに見つかって捨てられてしまうかもしれない。だから「あち、あちっ」と声をあげながら引きあげた器を布で包んで部屋に戻った。

　次の日リュカはまたカリーヌの部屋を訪ねた。いつものことに誰も驚かないけれどリュカが持っているものに皆が興味を示した。

「まぁ……甘い匂い」

「ケーキかしら？」

　ドリアーヌもほかの使用人たちも蒸しパンに興味津々だ。今までオーブリーの目を盗んで何度か菓子を作ってきたが、たいていいつも「たくさん樹蜜を使った」と怒られる。でも今回はただカリーヌに喜んでもらいたいとそれだけの思いで蒸しパンを作ったのだ。

「ほら、カリーヌ」

　蒸しパンをちぎった。ゆりかごの中で手足をうごうごしているカリーヌの鼻先に持っていく。カリーヌはぴたりと身動きを止めた。ただでさえ大きな目をますます大きく見開く。

「ん、ん、んっ」

「おっ、カリーヌわかるのか？」

「まぁまぁリュカさま、カリーヌさまはまだお小さいのに」

「うまっ、うまっ」

「カリーヌ、しゃべってる！」

　乳母の乳首しか知らないはずのカリーヌの口は、リュカが突き出した蒸しパンを食べているかのようにもぐもぐと動いている。

「んま、んまっ」

「カリーヌがしゃべってるよ!?」

「そんなわけありません、まだ生まれたばかりなのに」

「でも、うまうま言ってる！」

「こんな小さな赤ん坊がしゃべるわけがないでしょう」

「でも、でも！」

思わずリュカは声をあげ、そこにドリアーヌがやってきた。彼女もひょいとゆりかごを覗き込む。目を丸くした。

「まぁ……」

「ほら、ほら！　カリーヌ、喜んでるよ！」

「これはただ……声をあげていらっしゃるだけでは？」

「僕の蒸しパンを喜んでるんだよ！　ほら、またきゃあって！」

興奮してリュカは叫び、それに唱和するようにカリーヌもきゃっきゃと声をあげる。小さくて弱々しい声だけれど喜んでいるのは確かに感じられる。ますます嬉しくなってリュカはちぎった蒸しパンをぐいぐいと押しつけた。

「やめなさい！」

「だって、カリーヌが！」

「いくら喜んでいても今はまだ食べられないんだから、無理やりするのはおよしなさい」

「うう……」

リュカは蒸しパンを引っ込めた。するとカリーヌが「あうあう」と不満そうな声をあげる。蒸しパンでつんつんと唇をつついた。カリーヌはぱっと顔を輝かせて喜ぶ声をあげた。

「ほらほら、やっぱり喜んでる！」

「だから、やめなさい」

ドリアーヌがリュカの手首をぐいと掴む。その口に蒸しパンを押しつけてしまった。ドリアーヌは目を白黒させる。

「……あ」

怒られる。リュカは手を引っ込めようとした。

「なんですか、この美味しさは」

ドリアーヌは小さな声を洩らした。大きく頷きながらもぐもぐと蒸しパンを咀嚼した。

「リュカさま、これは……どこから手に入れたのですか？」

「手に入れた、っていうか……」

言っていいのだろうか。伯爵家の子息が厨房に入るなんてと怒られるだろうに。

「リュカさまがお作りになったのですか？」

「う、うん……まぁ、ね」

怒られると身を小さくした。いつまで経っても怒声は降ってこない。恐る恐る顔をあげるとドリアーヌは青い目を潤ませていた。

「なにを入れればこんな素晴らしい味になるのですか？」

「へっ？」

「甘いだけではない、これは……なぜこんな深みが？」

「深みって？」

リュカはきょとんとする。もどかしげにドリアーヌは苛立った顔をした。

「この味ですよ。この甘みは、はちみつ？　それとも……」

ドリアーヌは眉根を寄せる。蒸しパンの味をどう表現していいのかわからないらしい。

しかしリュカは知識に従って作っただけで、なにも特別なことはしていない。

「え、と……厨房にあった、樹木の蜜」

「それだけですか？」

納得できないのかドリアーヌはなおもしかめ面《つら》をしている。疑われるのは嫌だけれど悪いことはしていない。

「卵と……牛乳と。粉と、パン種」

「パン種⁉」

ドリアーヌが叫んだので、リュカはびくっとしてしまった。蒸しパンを落としそうになる。ドリアーヌの大きな手が救った。

「わ、っ！」

「ドリアーヌさま、それはそんなに美味しいんですか？」

「私も少しだけ……ねぇ、リュカさま。よろしいでしょう？」

まわりのメイドたちが口々に言いながら集まってくる。なにしろ小さな菓子だから全員には行き渡らない。みんな味見程度にしか口にできなかった。皆からブーイングが起こる。

「いや、あの……これはカリーヌのために」

「カリーヌさまは、まだお食べになれないでしょう」

「それまでは私たちが。カリーヌさまのために味見をいたします！」

「……自分が食べたいだけだよね？」

リュカは突っ込んだけれど皆笑うばかりで反論はしない。本当にただ食べたいだけなのだ。

「オーブリーがいいって言えば……」

わぁっとまわりが沸いた。皆が喜んでくれるのは嬉しいけれど、そうそう作れるものでもないし樹蜜もパン種もオーブリーに隠れて調達するには限界がある。

「オーブリーを説得すればいいのですね？　オーブリーに、樹蜜とパン種を出せと言えばいいのですね？」

「いや……うん、そうだけど。そんな簡単にはいかないよ」

簡単どころかまず無理だろう。勢い込んだようにドリアーヌは何度も頷いた。

「わかりました。オーブリーと話をしてきましょう」

「えっ、ドリアーヌ……？」

使用人たちが色めき立つ中、ドリアーヌは決意を固めた顔ですたすたと歩いていった。

部屋の者はリュカに迫る。

「あのお菓子、毎日いただけますの？」

「ドリアーヌさまなら大丈夫ですよ、オーブリーもドリアーヌさまのお願いを断りはしません」

「楽しみです、あんなに美味しいもの食べたことありません」

「う、うん」

次々に言葉をかけられて押されるがままにリュカは頷いた。まわりはまたわっと沸いた。

戻ってきたドリアーヌは満たされた顔をしていた。オーブリーと話がついたらしい。それからのリュカは毎日、樹蜜とパン種を使った菓子を作ることになった。

毎日蒸しパンを作っているとだんだん上手になる。

するとますますみんなに喜んでもらえる。そうとなれば少しでも美味しく変化をつけるための工夫をしたい。そう思うのはリュカだけではないだろう。

リュカは外に出ようとした。門が開いていて馬車が停まっている。馬車の紋はリュカもよく知っている。

「モーリスさん！　サビーナさんも！」

「やぁやぁ、こんにちは。元気かな、リュカ」

「うん、もちろん！　モーリスさんもサビーナさんも元気そうだね！」

「おかげさまで」

上品に、しかし愛想のない調子で返事をしたのはサビーナだ。リュカの母ポレットの一番上の姉だ。ポレットは三姉妹で、サビーナ、フェリシーというふたりの姉、そしてポレットと続く。サビーナは上品で美しく、静かな口調で話す本物の貴婦人だ。その夫のモーリスは五十絡みの男性で六歳のリュカからすればおじいさんと言ってもいい年齢だけれど、とても溌剌として元気がいい。妻のサビーナも年齢は同じくらいに見えるけれど落ち着きがあるのでモーリスよりも大人っぽく見える。本物の大人に「大人っぽい」なんて褒め言葉にはならないだろうけれど。

「どこに行くのかな？　ああ、ノエルも出かけるのかな。冒険？」

「なにか美味しいもの、探しに行こうと思って」

「私もお供《とも》していいかな？」

「もちろんだよ。サビーナさんは……来ないよね」

「私は先に、ポレットの新しい娘に会ってきます」

「ああ、そうだね。私はリュカさんのお供のあとにお姫さまのお顔を拝見しよう」

「モーリスさんはどうして僕を、さんをつけて呼ぶの？」

「そうですね、リュカさんが立派な方だからですよ」

「立派……？」

　リュカは首を傾げる。モーリスは軽快に笑った。こんなふうにモーリスは不思議なことを言う人物だ。ときどき訪ねてきて一緒に楽しく時間を過ごすけれど独特の感覚の持ち主だとでも言おうか。一方でその妻のサビーナは上品で礼儀正しく、気位が高くつんとした人物だ。モーリスとはまったく違うキャラだけれど見ている限り仲がいい夫婦だ。

「どこに行くの？　俺も行く」

「美味しいものを探すんですよね」

「見つかるとは限らないけど」

「リュカが探すんだ、見つかるに決まってる」

　妙な信頼とともにノエルは言ってウインクをした。リュカは笑う。モーリスは茶色い目をきょときょととさせた。

「そういえば、妹さんに美味しいパンを焼いてあげたって聞いてますよ。新しい美味しいものですか」

「蒸しパンだから焼いてないけど、そうだよ。樹蜜を入れて蒸したんだ。美味しいよ」

「うん、すごく美味しい！」

興奮を隠さずにノエルが声をあげた。

「どこに行くんだ？」

「バイイの森だよ」

「だったら問題ないよな。モーリスさんも行こう！」

「なにが問題ないの？」

リュカは首を傾げた。ノエルがなにを喜んでいるのかわからない。楽しそうにスキップまでしているノエルの気を削ぐつもりはない。リュカはノエルのあとをついていく。モーリスも続いた。

「バイイの森になにがあるんですか？」

「蒸しパンに入れる美味しいものをと思って」

「ふぅん？」

張り切ってついてきたわりにはノエルはリュカの目的がわかっていなかったらしい。それでもノエルはますます楽しそうだ。スキップでさくさくと草を踏みながら道を歩く。リュカとモーリスもついていく。

ベルティエ伯爵家の本邸は切り拓かれた場所に建っていてまわりにはたくさん領民たちの家がある。少し歩くとすぐに木々が繁り草が深く伸びている。昼でも薄暗い森だ。自然を制御できるなど人間の驕りだとしみじみ感じさせられる。同時にこれほどの森があちこちにあるということはこのベルティエ伯爵家の本邸があるラコステの地は広大なのだと実感する。リュカの想像など及ばないほどに。

(僕もまだまだこの世界のことを知らないから)

三人はなおもてくてくと歩き、やがて森の入り口へと辿り着いた。

「ここになにがあるんですか？」

「これから探すの」

森に踏み込むリュカにノエルがついてくる。緑の香りの中に甘い匂いが感じられる。惹かれるように歩くうちにちらちらと赤いものが目に入った。

「エルプの実ですね」

「ああ、あれが？」

迷いなくそちらに歩いていくモーリスにつられてリュカも近づいた。後ろからノエルが覗き込む。甘い匂いは確かにその赤い実のものだ。

「美味しそうだね」

「これ、食べようとか思ってるのか⁉」

ノエルが驚いたように叫んだ。リュカは首を傾げる。モーリスも驚愕の表情をしている。

「食べられないの？　こんなに美味しそうなのに？」

「うわわぁ！」

リュカがエルプの実をもぐとノエルはますます大きな声をあげた。へたの部分からさらに濃く甘い香りが広がる。魅惑的だ。

「だめだ、食べちゃだめだ！」

「えっ、どうして」

「毒ですよ、エルプの実は毒です！」

モーリスも声をあげる。ノエルに赤い実を取りあげられた。地面にころころと転がっていくのをリュカは唖然と見た。

「美味しそうなのに？」

「だめだって、毒なんだ！　食べたら大変なことになるよ⁉」

「そうなんだ？」

「こんなきれいな見た目だから、食べて死にそうになった人がたくさんいる」

「そうなんだ……」

頭の中は二十一世紀の日本人だとはいえこの世界でのリュカの経験は六年にしかならない。まだまだ知らないことがたくさんある。

「死にそう、ってことは死んだ人はまだいないってこと？」

「それは……俺だってなんでも知ってるわけじゃないけど」

そう言いながらノエルはにやにやしている。「なんでも知っているわけじゃないけど」と言いながらも「リュカよりはいろいろ知っている」との自負が彼を気持ちよくさせたらしい。

「でもお腹が痛くなるってみんな言ってる」

「お腹、か……」

「そうですね、私もそう聞いています」

「モーリスさんもそう聞いてるよね？」

「食べようという人はあまりいないですね……」

モーリスは渋い顔をしている。エルプの実は単に胃を刺激する成分が含まれているのか、それとも胃や腸に悪影響を与える毒の要素があるのか。

（毒によっては無害にできるよな。こんにゃくだって蒟蒻芋のままだと食べたら死ぬし。蒟蒻芋のあく抜きってどうやるんだったっけ？）

エルプの実の甘い匂いときれいな見た目を諦めきれない。

「どんな害があるのか調べて、無毒化する方法を探したらいいんじゃ？　この美味しそうな実だって無毒化できたら食べられるんじゃないかな？」

「無毒化？　ほほう？」

「いやいやモーリスさん、感心してないで！」

リュカは実っているエルプの実をもごうと手を伸ばした。ノエルがまたわめく。モーリスは面白がる顔をしている。

「だから毒だって！　触ったらまずいよ」

「このくらいは平気だと思うけど……」

「リュカさん、大丈夫ですか？」

リュカはまたエルプの実の匂いを嗅ぐ。甘い匂いはリュカの前世の記憶を呼び起こした。

「あっ、あれか！」

「なんだ？」

「これ、コンフリーの匂いがする」

「なにそれ？」

「コンフリーだよ。花を食べるんだ」

「へぇ……？」

「でも、なんだったかな……毒性があって食べちゃだめだって。ピロ……ジジ……アル、カ……そう、ピロリジジンアルカロイドが含まれてるんだ」

「なにそれ？」

「へえ？」

ノエルはますます不思議そうな顔をしている。モーリスは首を傾げた。リュカが（二十一世紀日本の知識に基づいて）おかしなことを言うのは慣れているようだけれど、さすがにこれには目を丸くしている。

「あく抜きをしたらいいんだけどね。蕗《ふき》とかと一緒でさ。あく抜きをしたらいけるよ。美味しいし」

懸命に思い出した固有名詞を早口で言ったので少しばかり舌を噛んだ。今のリュカは少し舌足らずだ。

「あく抜き、ですか……」

モーリスが唸る。子供の戯言に過ぎないのに真剣な顔をしている。

（ピロリジジンアルカロイドはキク科の植物に含まれてて、肝臓に障害を起こすんだ。蕗とかふきのとうとか。でもあく抜きをしたら食べられるんだよな。あく抜き……茹でこぼしとか水さらしとか。どっちがいいかな……茹でこぼしのほうが確実っぽいな）

前世ではどうしていたか思い出そうとした。ふきのとうは茹でて茹で汁を捨てる茹でこぼしのほうが美味しく仕上がった。ならばこのエルプの実もそうなのではないか。考えながらリュカはエルプの実をもぎ続けた。すぐに腕はいっぱいになって、だから嫌がるノエルに無理やり持たせた。

「やだよぅ……毒がまわるよ、死んじゃうよう！」

「持ってるだけではまわらない。はい、モーリスさんも！」

「おお、私もですか」

「家に戻るよ」

　ぶぅぶぅ文句を言うノエルと首を傾げているモーリスを追い立てるように屋敷に戻る。

厨房に入って驚いている調理係たちに「鍋を出して」と頼んだ。調理係はリュカたちと一緒に現れたモーリスに驚いている。調理係たちはいぶかりながらも鍋を出してくれた。リュカが入れるほどの鍋に水を張ってエルプの実を次々に放り込む。

「エルプの実じゃないですか！　腹痛を起こしますよ、こんなものどうするんですか！」

「あくを抜くんだ。あく抜きすれば食べられるよ、こんなに美味しそうな匂いがするし」

「どうして美味しいってわかるんですか！」

　厨房の者たちはどこまでも懐疑的《かいぎてき》だ。道中エルプの実の香りを吸い込み続けたリュカには確信があった。

（そもそもコンフリーは美味しいし。あく抜きをした蕗もふきのとうも美味しい。あく抜きをしたら毒素も抜けるしもっと美味しくなるはずだ）

鍋を火にかける。「木の実を煮込むなんて……」と危ぶむ声も聞こえたけれどリュカは黙って煮立つのを待った。甘い匂いが厨房に広がる。沸騰したところで「お湯を捨ててくれる？」と力持ちの調理係に頼む。湯気の落ち着いたエルプの実は艶を増していた。一個一個を丁寧に洗うとますます美味しそうに、香りも濃くなっている。

「さて、味見」

「わあああ、食べないでください！」

「ん？　美味しいけど。甘酸っぱいね。グミみたい」

「リュカさま、大丈夫ですか？」

「大丈夫だよ。苦《にが》みもないし、お腹も平気。でもカリーヌに食べさせて大丈夫かどうかは心配だから、様子を見るね」

食べさせるとはいってもカリーヌはせいぜい舐めるくらいだ。影響があるとは思えないけれど念には念を入れておきたい。

「リュカさん、妹さんに食べさせてあげるのですか？」

「うん、蒸しパンに変化をつけられるかなぁって」

「ほお……味変《あじへん》ってやつですね」

「えっ？」

なんだか不思議な言葉を聞いた気がしてリュカは振り返った。モーリスは心底感心した顔つきであく抜きをしたエルプの実をしげしげと見つめている。モーリスの言葉の謎を解明したかったけれどモーリスにはつけいる隙がない。モーリスは「失礼しますね」と厨房を辞したのでなにも訊けなかった。

　次の朝起きてもリュカの腹は痛くなかった。それどころか「エルプの実をもっと食べたい」との気持ちがとても大きかった。そんな自分に笑ってしまう。

　カリーヌが生まれてからの習慣通り今日も蒸しパンを作る。厨房に入るとあく抜きをしたエルプの実をつまんでいる調理係たちがいた。

「あっ、リュカさま……」

「あれっ、食べてるの？　美味しい？」

「はい……」

「別にそんな申し訳なさそうな顔しなくていいよ。食べられないって言ったこと気にしてるの？　美味しいでしょ、それでいいじゃない」

「申し訳ありません……いえ、美味しいです！　苦味も渋味もありません！」

「そうか、よかった」

　いつも通りリュカは蒸しパンを作り始める。

「今日はエルプの実を入れるからいつもと違うと思うよ」

　エルプの実から種を除いて果肉を刻んで生地に混ぜて器《うつわ》に流し入れる。できあがった蒸しパンはいつもより甘い匂いがした。

「ふむ……ずいぶんといい匂いがしますな」

「味もいいと思うよ」

ほかほかのパンをふわりとちぎって口に入れた。いつもの柔らかさと甘みの中に爽やかさが加わっている。ふわふわしているだけではなく実のこりこりした歯ごたえもいい。

「本当だ……美味しい」

新作の蒸しパンを齧《かじ》った若い調理係が呟いた。

「エルプの実がこんなに美味しいなんて……もっとえぐみがあったのに」

「食べたことがあるのか！」

驚いたようにそう叫んだのは年配の調理係だ。若い調理係は口を噤んでしまう。

「なんでもかんでも口にするなと言っているのに……リュカさまの処理が正しければ、まぁ……問題ないか」

若い調理係と目が合った。ふたりで肩をすくめて笑った。

カリーヌはまだまだ小さくて乳母の乳以外を口にはできない。それでも新しい趣向の蒸しパンを目の前にかざすときゃっきゃと声をあげた。喜んでくれているのだと思う。

カリーヌが生まれて半年ほど経って離乳食が始まった。セリアの離乳食のころも毎日厨房で調理係たちの作業を見ていた。あのころはリュカもまだまだ幼かったのでただ見ているだけだった。今では多少の腕に覚えはある。だから離乳食を作らせてほしいと頼んだのだけれど。

「いけません、赤ん坊の食べるものは繊細なのです」

オーブリーがそう言って、カリーヌの初めての乳以外の食事が運ばれていく。諦め悪くリュカはそれを追いかけた。回廊の向こうにモーリスとサビーナが一緒に歩いているのが見えた。

「あれ、モーリスさん！　サビーナさんも。どこ行くんですか？」

「リュカさんはどうしたのですか。カリーヌさんにお食事ですか」

「そうなんだ……って、モーリスさん、カリーヌにもさんづけなんだね」

「本当に、もう。この人は」

呆れたようにサビーナが言う。サビーナはあの朗らかなポレットの姉とは思えないくらいに厳格な人物だ。むしろモーリスの方がポレットに似ているけれど血のつながりはないのだ。三人でポレットとカリーヌの部屋に向かった。

「お義兄《にい》さま、お姉さまも。リュカも来てくれたのね」

「ポレット、元気そうね」

サビーナの口調は淡々としている。リュカには少し冷たく聞こえるけれどポレットは慣れっこだ。リュカも、サビーナが意地悪でそのような口調なのではない、単に性格だということは知っている。出産後で体を休めているポレットの前で、ドリアーヌがカリーヌをあやしながら銀の匙《さじ》でパン粥《かゆ》を掬う。

「さぁ、カリーヌさま。お食事しましょうね？」

あやす声でドリアーヌはカリーヌを抱きあげた。山羊の乳でパンを煮たとろりとした離乳食を唇に触れさせる。カリーヌは大きな緑の瞳をきらきらさせた。

(やっぱりカリーヌ、食べるものに興味あるのかな)

カリーヌのかつての姿、妹のあすかを思い出しながらリュカは考えた。兄の広瀬以上にあすかは食にシビアだった。カリーヌは小さな口に入ってきた匙をぺろりと舐める。

「ぷ、やっ！」

「まぁぁぁ、カリーヌさま！」

「カリーヌ！」

小さな舌が震える。火がついたように泣き出した。明らかに不快を訴えている泣き声だ。慌ててドリアーヌは匙を放り出してカリーヌをあやし始める。

「カリーヌさま、どうなさったんですか、おおよしよし」

「どうしたの、カリーヌ」

リュカもカリーヌを覗き込む。その泣き方や嫌がる表情になんとなく感覚が通じるものがある。

「お粥、美味しくなかったんじゃない？」

「ええっ⁉」

リュカの洩らした言葉にドリアーヌは大きく目を見開いた。ポレットも、モーリスもサビーナも驚いている。ええっとリュカは戸惑ってしまった。

「不味いって、そんな」

「赤ちゃんだって口に合わないものは食べたくないよ」

「なにをおっしゃってるんですか。こんな小さな赤ん坊なんですよ、味覚が目覚めてるわけがありません」

「そんなことないよ」

ドリアーヌの言い方は赤ん坊は人間未満だとでもいうようだ。リュカはぐいぐいとカリーヌに顔を近づけた。ぷくぷくの丸いほっぺをちょんちょんとつつく。カリーヌはきゃっきゃと声をあげて喜んだ。それなのに粥を含ませようとするとやはり刃物を突き立てられたかのように激しく泣くのだ。

「ほら、やっぱり。山羊乳《やぎちち》のパン粥は好きじゃないんだよ」

「こんな赤ん坊が、好きとか嫌いとか……」

ドリアーヌはリュカの見立てに納得していないようだ。

「ベルティエ伯爵家のお子たちはみんな、今までこうやってきたんです。カリーヌさまが特別などありえません」

「えー……」

リュカは不満だけれど、ドリアーヌは相手にしてくれない。粥を食べさせようとする、カリーヌは泣く、の攻防が続けられた。

「ねぇ、あのカリーヌって」

「私も思い出していました」

モーリスとサビーナが笑っている。サビーナの笑顔など珍しい。首を傾げるリュカにモーリスが笑いながら教えてくれた。

「カリーヌさんは昔のリュカさんと同じだなって思ったんですよ」

「僕？」

思わず声をあげたリュカにドリアーヌが反応した。嫌そうな顔をしてモーリスを見る。モーリスはサビーナと目を見合わせ、ふふふと笑った。

「ねぇねぇ、僕がどうしたの？」

「ふふふ、言っていいのでしょうか」

思わせぶりにモーリスが言う。ドリアーヌは苦々しい顔をしている。

「いいから聞かせて。なにがあったの？」

「リュカさんが、今のカリーヌさんくらいのときですけどね。お粥をね、やっぱりドリアーヌがああやって食べさせたんですけど。ぷって勢いよく吐き出したんですよ。そのときものすごくわかりやすく「不味い！」って顔をしてね」

モーリスが笑う。サビーナまで声を立てて笑ったのでリュカは驚いた。覚えていない昔のことにどう反応すればいいかリュカは迷った。ドリアーヌはなおもカリーヌに粥を食べさせようと奮闘している。しかしカリーヌもさるもの、泣いて拒否して決して屈しようとはしない。

「そうそう、リュカもあんなふうに抵抗していたわ」

「リュカさんはもっと激しくなかったでしょうか？　お粥のお椀を蹴っ飛ばしてましたね」

記憶にない昔のことだ。リュカは戸惑った。モーリスとサビーナはくすくすと笑う。ばかにされているわけではないとわかっているけれどいたたまれない。

その夜リュカはこっそりと厨房に入った。久しぶりだ。蒸しパンの成功から厨房への立ち入りには眉をひそめられなくなった。それでもやはり伯爵家の子息は厨房に入ってはいけないものなのである。リュカの蒸しパンに惹かれて皆目をつぶってくれているけれどおおっぴらにというわけにはいかない。

「よいしょ、っと」

引っ張り出したのは小さめの鍋だ。小さめとは厨房のほかの調理器具に比べてであって子供のリュカがひとりで抱えるとよたよたしてしまう大きさだ。是非とも雪平鍋《ゆきひらなべ》を所有したい。熱伝導率も高いし。

まずは火を熾す。燻《くすぶ》りはじめた薪《まき》を見ながら固いパンを細かくちぎった。山羊ではなく牛の乳を入れて樹蜜を鍋に投入して熾った火にかける。牛乳がくつくつ音を立てて泡立つタイミングを見計らって木の匙で鍋をかき混ぜた。

(このかき混ぜの度合いが、大切なんだ)

リュカは独りごちた。足りなくても混ぜすぎてもよくない。この微妙な具合がカリーヌのお気に召《め》すか否《いな》かに関わってくるのだ。

(あのパン粥、カリーヌは口触りが気に入らなかったんだと思うんだよな)

舌に触れる前に嫌がったのだから味ではない。だから鍋の中身のとろみに注視した。いい具合をひょいと匙にひと口掬って食べてみる。

「美味しい!」

思わず声をあげてしまう。誰もいない厨房に響いて自分の声にびくりとした。

「よし、これでオッケー」

前世での言葉を使ってしまったが誰も聞いていなくてよかった。リュカは鍋を下ろして炎を消した。

次の日リュカ特製の粥をカリーヌに食べさせた。カリーヌは警戒しているのかふにゃふにゃと声をあげたけれど、リュカの作った粥が唇に触れると泣くのをやめた。目を大きく見開くとかわいらしい声で叫ぶ。

「う、まっ！」

「えっ、本当？」

そう聞こえたけれど本当にカリーヌが「美味い」と言ったのかどうかはわからない。それでも確実にたちまち機嫌がよくなってむちむちの足をじたばたさせている。

「うま、ままっ！」

「気に入った？」

リュカも機嫌をよくして、次々にカリーヌに粥を食べさせた。小さなおなかはすぐにいっぱいになったようだ。初めての食事を終えたカリーヌは今までになくご機嫌でゆりかごの中でもぞもぞしている。

「あにっ、あにちゃっ」

「おや、リュカさんを呼んでいるのでしょうか」

「まさか、生まれてまだ半年ほどよ？」

サビーナが驚いた声をあげている。生後半年の赤ん坊が「兄」を認識するだろうか？

「あにちゃ、あにちゃっ」

リュカがゆりかごの中でぱたぱた動く足をきゅっと掴む。カリーヌはきゃっきゃと笑った。まわりのメイドたちはただただ驚いている。モーリスがぷっと噴き出した。

「リュカさん、そんなお顔をして」

「えっ、どんな顔？」

「こんな顔ですよ」

笑顔のモーリスがリュカのほっぺをちょんとつついた。驚いてリュカは声をあげる。その場の皆が笑って雰囲気が柔らかくなった。メイドたちは口々に言う。

「カリーヌさまのお食事は、リュカさまにお願いするのがいいと思いますわ」

「私もそう思います。カリーヌさまのお口にはリュカさまのお料理が合うんでしょう」

ドリアーヌは面食らっているようだ。ドリアーヌから色よい返事を得ることができればカリーヌの離乳食を任せてもらえる。そう思うと心が躍った。

「ねぇ、ドリアーヌ……？」

首を傾げてドリアーヌを見つめる。リュカの料理を喜んでくれるメイドたちも彼女を見つめている。ドリアーヌは大きく息をついた。

「そうですね。カリーヌさまのお食事はリュカさまにお願いしましょうか」

「いいの⁉　うわぁい！」

喜びにリュカは声をあげる。カリーヌも楽しげな声をあげた。きゃあああと響いた高い声にリュカはゆりかごの中を覗き込む。

「カリーヌ、これからは毎日兄さまがごはんを作ってあげるね」

「あに、あにちゃ！」

足をぱたぱたさせてカリーヌがはしゃぐ。ドリアーヌはカリーヌを抱きあげるとリュカに抱かせてくれた。

「わっ、だいぶ重くなったね」

「でしょう？　こうやってお粥も食べられるようになったのですからね」

誇らしげにドリアーヌは言う。恐る恐る揺らしてみるとカリーヌはまた楽しそうな声をあげた。

「嬉しそう」

「それはそうでしょう、美味しいものでおなかがいっぱいになったのですから」

「へへへ」

モーリスに「美味しいもの」と言われて嬉しくなった。気分が高揚してカリーヌをあやすリズムに勢いをつける。カリーヌが今までにない声をあげた。

「カリーヌさんは喜んでいるのですよ、ほら笑っている。美味しいものを食べさせてもらえて嬉しいですね」

「本当に」

「きゃあぁっ」

モーリスやサビーナの言葉にカリーヌは返事をしたかのようだ。そんな妹の様子を見ながらリュカの心は温かくなる。

（そういえば前世でも……僕が料理に目覚めたのは、あすかが喜んでくれるからだったような気がする）

「大きくなったら一緒に、もっと美味しいものを作ろうな」

「うにゃ、うなっ！」

子猫の鳴くような声でカリーヌはリュカに同意してくれた。そう感じた。リュカはますます嬉しくなってやたらに腕の中の妹を揺り動かした。カリーヌはまた笑い声をあげた。

第三章　妹の味覚

昼餉《ひるげ》から夕餉《ゆうげ》までの時間、厨房は少しばかり静かになる。

早朝の朝餉の準備から働きづめの調理係たちが休みを取れるわずかな時間だ。二十一世紀日本のように電気、ガスに水道が完備していればあれだけの数の調理係が休みもなく働かずに済むのだろう。

「そこでおとなしくしててな、カリーヌ」

もうすぐ一歳になるカリーヌはリュカに手を取られて足取り怪しくとことこ厨房まで歩いてきた。リュカが厨房の中に入るのを追いかけようとしたカリーヌを「危ないから」と押しとどめる。

「あい！」

カリーヌは元気よく返事をしてその場にぺたりと座り込んだ。ピンクのロンパースはそこそこ厚みがあるから冷えたりはしないだろう。それでも石の床の上に直接座っているから心配だ。

　リュカは、リュカのために作ってもらった一角に向かう。大人用の厨房の施設は高すぎるので今まではこっそり木箱を引っ張ってきて乗っていた。でも、この一角はリュカの身長に合わせてあるので調理台に手が届く。リュカは、この世界で前世での好物を食べるために集めたさまざまな食材が入っている木箱を開けた。

「あに、あにちゃっ！」

「美味しいもの作ってやるから、ちょっと待ってな」

「あーい！」

　リュカの言うことをどこまで理解できているのかはわからない。しかしリュカが厨房に立てば美味しいものが食べられるということはその小さな頭に刷り込まれているらしい。両手を挙げてカリーヌは兄に了承の意を示した。

「今日は、お好み焼きを作るぞ」

「おこーやきー！」

「小麦粉にキャベツも、山芋に薄切り肉、か……」

　宝物の入った木箱を開けながらリュカは独りごちた。中に入っているのは二十一世紀の日本のスーパーに売っているようなものではない。小麦粉は文字通り小麦を挽《ひ》いたものだけれど精製度合いは及ばないので真っ白ではないしきめも粗い。キャベツはデザルグと呼ばれる似たような野菜を採用したけれど、やはり食感はよくないし繊維がやたらに歯に挟まるし、キャベツと呼んでいいのかわからない。しかし青物屋の御用聞きが持ってくる野菜の中で一番近いのはデザルグなのだ。

（肉の筋切りみたいに繊維を細かくできたらいいんだけど、ナイフがなぁ……）

この世界には『薄切り肉』というものは存在しない。枕のような肉の塊を切れないナイフでこそげていくしかない。子供のリュカの小さな手には重労働だ。葉野菜にジャガードを使うわけにもいかないし（やってみたけれどデザルグはぐちゃぐちゃになってしまった）、キャベツの千切りに似たものを用意するのもなかなか難しい。それでもカリーヌに喜んでもらえるように精いっぱい頑張ってナイフを振るった。

「おこーやきー、あにちゃおこーやきー！」

「うんうん、ちょっと待っててな」

カリーヌが期待に満ちたまなざしでこちらを見ている。俄然力も入るというものだ。山芋そのものはもちろんないけれどドッスと呼ばれる紫色の皮の丸い芋はタロイモに近い。タロイモを日本人に馴染みのある食材にたとえると里芋だとリュカは感じている。そののではないけれど似ていると思う。ドッスを茹でて潰して練ると山芋のような粘り気が出た。

「お好み焼きには、ソースが重要なんだよな」

「そー！　そーすー！」

「なかなか、あの味は出せないんだよな……」

「あにちゃ、ばれー！　がんーばー！」

「うん、頑張る！」

カリーヌのかわいい声での応援を受けてリュカは大きく頷いた。木箱の中の壺を取り出す。中にはリュカが作ったソースが入っている。トマトに似たフィケの実を潰して樹蜜を混ぜた『トマトケチャップ』。フィケは味がトマトに似ているけれど実は緑だし（緑のトマトも二十一世紀日本のスーパーにあったけれどものが違うのだ）、外の皮は固いので何度もナイフを入れて細かくしないと食べられない。もう一点、フィケのペーストに、玉ねぎに似たカンテッリ、にんじんに似たトールボを細かく刻んだものに塩と樹蜜を加えて濾して整えた『ウスターソース』。それらを混ぜて味見をして、試行錯誤を繰り返しておこのみソースが完成したのだ。料理の味を左右するソースがあれば百人力、満を持してお好み焼き製作に取りかかった。

「あに、あにちゃ！　がばれ！　がばっ、れっ！」

「いい子だな、カリーヌ。そこで待っててな」

小麦粉と水、山芋っぽいドッスをすりつぶしたものと卵、キャベツに似たデザルグの千切りを混ぜ合わせる。小麦粉とはいってもリュカの知っている薄力粉ではないし山芋に似ているけれどドッスには充分に粘り気があるとはいえない。さらにいえば水もリュカの知っている日本の軟水ではない。茶を淹れるには絶妙だけれどパンを捏ねるには硬すぎる。

できたお好み焼きの種をスキレットに広げて、三分ほど経過したら生地の上に肉を載せる。ひっくり返すとスキレットに蓋をして四分蒸らす。じゅうじゅうという音に合わせてカリーヌが両手足をばたばたさせた。

「あにちゃ、うま、うまっ！」

「そうそう、うまうまの音だな。ほら、きれいに焼けた」

「きゃあーっ！」

カリーヌは小さな両手を叩いて喜んでいる。お好み焼きを皿に載せて特製のソースをかける。青のりや鰹節がほしいところだけど今はとりあえずこれで我慢をしてもらおう。

「カリーヌ、おいで」

「はーい！」

火を落としてから声をかける。待ってましたとばかり、カリーヌは勢いよく床に手を突いた。この床の上をわしわしと勢いよくはいはいしてくる。カリーヌは厨房の隅にしつらえられた子供のための椅子とテーブルの前に直行した。

「よくわかってんなぁ、おまえ」

「あいっ！」

カリーヌは勢いよく返事をした。お好み焼きを切り分けて、ふーふーと冷ましてやる。

差し出すとカリーヌは喜んで小さな口を開けた。

「うまっ！」

「そうか、よかったよかった」

舌に触れただけでカリーヌは喜びの声をあげる。小さな口に合うくらい少しだけ入れてやってもすぐにもぐもぐしてしまった。また「あにちゃ！」と口を開ける。

「あんまり食べ過ぎると、夕餉が入らないぞ」

「むぐむぐ、むぐっ」

そのようなことはカリーヌにはどうでもいいことらしい。懸命に口を動かして、またぱかっと開けてみせる。

「そんなに美味しい？」

「うまうまっ！」

いつもカリーヌはいい返事をしてくれる。打てば響くとはこのことだ。小さめだったとはいえお好み焼きはあっという間になくなってしまった。リュカが「もうおしまい」と言うと白いほっぺがぷううと膨れる。

「やーの！　やーの！」

「やーのじゃない、もうおしまい！」

「やああ、あにちゃ、やああっ！」

「ないものはないの、おしまい！」

「もと、もとーっ！」

泣きながらカリーヌは厨房の床をはいはいする。掃除してあるとはいえ床は子供が転がっていいほど清潔ではない。リユカは慌てて妹を抱き起こそうとした。しかしカリーヌは思いのほかのスピードで厨房の隅の戸棚に辿り着いた。

「うまー、もともとっ！」

「わぁっ、カリーヌ！　勝手に開けちゃ……」

「うきゃーっ！」

「ああ、言わんこっちゃない」

カリーヌが開けた戸棚の中からはじゃがいもに似たスギヘルという丸い野菜が転がり出てきた。厨房の床をあちこちに転がっていってリユカは慌てて追いかけた。

「きゃーっ、あにちゃあにちゃ！」

「喜んでる場合じゃないよ、手伝って……くれなくていい！」

「あきゃーっきゃーっ！　こーろこーろ！」

「わーっ、ますます散らかる！　やめてやめて！」

リユカが大声をあげて転がる野菜を追いかけるのにカリーヌはますます楽しげに笑う。

「まぁ……いいよ。おまえが楽しいんなら」

「あにちゃ、あにちゃ！　もと、もとっ！」

「もっと？　いやだよそんなの……」

　リュカは頬を膨らませて抗議した。調理係たちが笑う。仕方なくリュカも笑って、するとカリーヌは今まで見たことのない笑顔を見せてくれた。


　うわぁぁん、食卓に大きな泣き声が響いた。皿からスープを掬っていたリュカは顔をあげる。隣のカリーヌもその隣のノエルも、驚いた顔をして泣き声の主を見る。

「いやぁ、これいやぁ」

「セリアさま、わがままをおっしゃってはいけません」

「いやぁ、美味しくないぃぃ」

　泣きわめくセリアの前にあるのはピサンリのサラダだ。黄色い野菜で細かくした肉と和《あ》えたものがよく出されるけれどセリアには苦いのだろう。

「栄養があるんです、ちゃんと食べないと」

「いやぁ、美味しくないぃぃ」

　ドリアーヌが宥めても食べようとしない。その気持ちはわかる。リュカはフォークを置いてじっとセリアを見つめた。困った顔をしたドリアーヌがリュカを見てくる。今ではドリアーヌもリュカの料理の腕を頼っているのだ。

「あの、セリアさまがピサンリを食べられるように……」

「わかったよ」

リュカが頷くとドリアーヌはぱっと顔を輝かせる。リュカはスプーンを動かしながらいかにしてピサンリの苦みを消すことができるかを考えていた。食事ののち厨房に顔を出すと片づけの調理係たちの中にオーブリーがいた。

「おや、リュカさま。またお料理ですか？」

「うん、セリアがピサンリを嫌いだって言うから。苦みを消せないかなと思って」

「そんなこと無理ですよ」

あっさりとオーブリーは言った。

「ピサンリは苦いものです。苦くないピサンリなんてピサンリじゃありませんよ」

「そりゃそうなんだけど……」

腕組みをしてリュカは唸った。確かにオーブリーの言うとおりだ。それを克服するのが腕の見せどころではないか。妙に火がついてしまった。リュカは三歳児のセリアが苦みを克服するいい方法はないかと厨房の中を探し始める。

「ピサンリはね、苦いんだけどそれ以上に味が濃いと思うんだよね……」

「そうですね、苦みが濃いというのはお子には辛いかも……って、リュカさまなにをしてるんですか！」

「なにか、ピサンリよりもっと味が濃いものをと思って……これなんかどうかな？」

「クリームチーズですか？　それはお子には少し早いかと」

「体に影響とかないんでしょ？」

「チーズですからそれは大丈夫ですよ。うちのチーズは、カーフレンネットを使ってますからね。ほかとは比べものになりませんよ」

「カーフレンネットって？」

「六ヶ月までの月齢の仔牛から取れる極上のレンネットですよ。カーフレンネットならよりまろやかなチーズができるんです」

「へぇ……」

　レンネットとはチーズの製造に用いられる凝乳酵素《ぎにゅうこうそ》だ。主な活性酵素はキモシン。レンニンとも言った気がする。そんな前世の記憶を反芻しながらリュカは勧められたひと切れを囓った。

「美味しい！」

「あたりまえです」

　オーブリーは胸を張る。リュカは自分専用の調理コーナーでピサンリを刻んでクリームチーズと混ぜた。首を傾げながら味を調節していく。

「このくらいかな」

「なにをなさっているのですか？」

「ん、ピサンリの苦み、このくらいの量のクリームチーズと合わせたら消える感じがする」

「消える？」

「消えるっていうか、紛れるっていうか」

オーブリーは素《す》っ頓狂《とんきょう》な声をあげた。クリームチーズとピサンリを混ぜたものを細長く切ったパンの先に載せる。オーブリーの口もとに差し出すと彼は少し迷ったようだ。覚悟を決めたように口を開けてぱくりと食べる。

「ああ……これは」

「ね？　苦くないでしょ？」

「本当に。だからといって甘いわけでもない、独特の味だ……不思議ですね」

オーブリーは感嘆している。調理係たちが集まってきた。餌《えさ》をねだる雛《ひな》のように口を開ける彼らにひと口ずつ食べさせる。皆が驚きの声をあげた。

「これならセリアさまもピサンリを嫌がらないでしょう」

「そうだといいな」

次の日の食卓にはリュカ特製のピサンリとクリームチーズのサラダが出た。今までの細切れ肉と混ぜたものにクリームチーズを加えたものをパンに載せて菓子のように齧るスタイルだ。目新しいひと皿にセリアは喜んだ。しかしピサンリを見つけて「いやぁ、いやぁ！」と拒む。

「ほんの少しだけ。少しだけ、味見してみませんか？」

「ん……」

甘い声でドリアーヌが言う。訝りながらもセリアは少し口を開け、ひと口ぱくりと食べた。眉間に寄っていた皺が、ぱっとほどける。

「美味しい！」

「まぁよかった」

ドリアーヌがほっと表情を緩ませた。セリアが「もっともっと！」とねだる。ピサンリを見ただけで嫌がっていたのが嘘のようだ。

「リュカさま、ありがとうございます！」

「セリアの好き嫌いがなくなってよかった」

リュカは微笑んだ。斜交いに座っているカリーヌをちらりと見る。子供用の椅子に座って足をばたばたさせていた。その大きな目を見開いてセリアの食べているものを見ている。

「カリーヌにはまだ早いかな」

「カリーヌさまは最初のお食事からリュカさまの美味しいお手製でしたものね。きっと特別な舌を持っていらっしゃるのね」

「そうに違いないですね」

乳母やメイドたちが言っているのをリュカはくすぐったい気持ちで見た。ひとしきりセリアの食べているものに羨望のまなざしを送ったカリーヌは、ふいとリュカを見た。ぱっと満面の笑みになって、そして大きな声で叫んだ。

「あにちゃあ！」

第四章　泥舟街での交流

ベルティエ伯爵家には毎日さまざまな訪問者がある。よく訪れるのはモーリスだ。妻のサビーナは一緒のこともあればそうでないこともある。サビーナはこの屋敷の女主《おんなあるじ》であるポレットの姉だから訪問するのはわかるけれどモーリスがしばしばやってくるのはなんの用があるのだろうか。リュカのような子供には関係のないことなのだろうけれど。

「リュカさま、お客さまです」

「僕に？」

リュカへの客は珍しい。カリーヌを抱っこしているマノンが少しばかり困惑したような表情で告げに来た。訝しみながら裏門を出ると、以前カリーヌに花を持ってきてくれた泥舟街の住人、エクトルがいた。ジョスとマルクも一緒だ。マルクはもう二歳だからひとりで歩ける、どころか走りまわっている。ジョスがマルクを追いかけては手をつなごうとしていた。

「わぁ、来てくれたんだね。いらっしゃい」

「カリーヌ、おおきくなった？」

あたりをきょろきょろしながらマルクが言った。リュカがカリーヌと一緒ではないことが不満らしい。

「カリーヌ、おおきくなった？　なった？」

「うん、あちこちはいはいしてるよ」

「うわぁぁ、おれもいっしょにあそぶ！」

「マルク、騒がないで」

ジョスがげんこつでマルクの頭を叩いた。マルクは「びええ」と泣き出す。慣れているエクトルもジョスも慌てることはない。ふたりの反応もわかっているらしいマルクはすぐにけろりとした。

「どうしたのリュカ、そんな顔して」

「ううん……ええと、誘いに来てくれたの？」

「うん、あそぼう！」

「マルクが遊びたいって言うから」

ぼそっとエクトルが言う。エクトルは言葉少なでとっつきにくいところもあるけれど頼れるしっかり者だ。ジョスもマルクもとても懐いているのがその証《あかし》だ。

「あにちゃ、あにちゃ！」

「あれ、カリーヌ」

マノンに抱かれたカリーヌがはしゃいだ声をあげている。腕の中で暴れるカリーヌに手を焼いたらしい。マノンはカリーヌをおろした。カリーヌがぱたぱたと走ってきた。

「あにちゃ！　じょす！」

「あらあら、カリーヌ。いつもかわいいね」

「じょす！　じょす、だっこ！」

カリーヌはジョスに抱っこされた。小さな手をぶんぶん振りまわす。その指さす先を皆が注視した。

「遊びにくる？」

「あそ、あそぶっ！」

自分の言っていることの意味がわかっているのかいないのか。カリーヌは喜んで声をあげる。小さな手を広げてぱたぱたさせている。遠いところにあるなにかを掴もうとしているかのようだ。

「あっちに行くって言ってるんだと思う」

「わぁ、さすがお兄ちゃんだね」

「感心するところかな？」

リュカは首を傾げる。そんな兄の反応にカリーヌがきゃっきゃとまたはしゃいだ。ジョスは上手にカリーヌをあやしながら歩き始める。リュカは慌てて追いかけた。マノンが心配そうな顔をしていたので「大丈夫だよ」と言って微笑みかける。カリーヌを抱っこしているジョスの足もとにマルクがぱたぱたと絡んできた。

「危ないよ、マルク」

「リュカ、カリーヌ！　くる？　遊び、くる？」

「うん、一緒に遊ぼう？」

リュカとマルク、カリーヌを抱いたジョス、エクトルが黙ってリュカたちの後ろを歩く。エクトルは寡黙であまりしゃべらない。いつものことだから驚くことではなかった。

「おや、リュカさんじゃないですか」

「せぶーせぶー！」

泥舟街に入ったリュカたちに声をかけてきたのはセヴランだ。三十歳絡みの男性で泥舟街の子供たちの面倒を見ている。

「カリーヌさんも。いらっしゃい」

「きゃーっきゃーっ！」

カリーヌはセヴランに手を伸ばす。慣れた手つきでセヴランはカリーヌを抱きあげた。

「おお、重くなりましたね。美味しいものをたくさん食べているのですね、いいことです」

「きゃあー！　せぶーせぶー！」

「あはは、カリーヌさんは面白いですね。セヴランですよ」

明るい声で笑ったセヴランも泥舟街の住人だ。身ぎれいで明るく礼儀正しいセヴランがなぜ貧民街の住人なのか。不思議に思うのだけれど理由を尋ねる機会はない。リュカたちをさんづけしたり敬語だったり、どこかモーリスとキャラがかぶる。年齢はセヴランのほうがずっと若い、モーリスとは親子ほどの年齢差だと思われるけれど。ともすればセヴランはそれなりの身分の家の出身なのかもしれない。まだまだこの世界でのキャリアの浅いリュカには見当もつかないけれど。

「わっ……また出水があったの？」

泥舟街の中に入っていくとどんどん道がどろどろになっていく。たちまち足が埋まるくらいのぬかるみにはまりそうになってリュカは悲鳴をあげた。

「そうなんですよ。ここいらもまだぬかるんだままでね」

セヴランが唇を尖らせる。その場の者たちも困ったように顔を歪める。セヴランに抱っこされたカリーヌが声をあげた。

「あ！　おしゃかな！」

カリーヌが声をあげた。リュカは驚く。カリーヌは両手足をばたばたさせている。

「なに、おさか？　な？」

セヴランもほかの者たちも首を傾げた。カリーヌはセヴランの腕から飛び降りてぱたぱた走り出す。

「どこ行くの、カリーヌ！」

真っ先に追いかけたのはマルクだ。カリーヌは驚くほどの早さで走る。ばしゃばしゃ泥が跳ねる。

「カリーヌ、カリーヌ！　危ないよ！」

「おしゃか、な！　おしゃかな！」

「カリーヌさん、なにを言っているのですか？」

「おしゃ……か、な？」

リュカの耳には「お魚」と聞こえる。しかしまわりの者たちはわからないらしい。それは喃語が理解できないからなのか「魚」そのものがわからないのか。

(そういえばこの世界で魚料理って食べたことないな。魚……魚料理ってもしかして存在しないとか？)

リュカは首を捻った。それ以上を考える前にカリーヌがどんどん走って行ってしまってそれどころではなくなった。

「きゃーきゃー！　おしゃかなおしゃかな！」

「わぁぁ、こんなところに！　バジケテルすごく集まってる！」

「また、こんなたくさん！　きもちわるーい！」

まわりの者たちが悲鳴をあげている。カリーヌが駆けた先は大きな沼だった。先日の大雨の水は沼に流れ込んでいるらしく見たことがないくらいに広がっている。浅い部分に何匹もの魚（リュカには魚に見える）がびちびちと跳ねていた。

「バジケテルっていうの？　この魚……この、生きもの」

「ええ、沼地に集まる生きものですよ。奇妙な形をしているし水から揚げるとやたらにびちびち跳ねるし、手脚もないし気味が悪いんです」

「これ、魚っぽい。いや、魚じゃない？」

「さかな？」

セヴランが首を傾げる。しまったと思ったけれどもう遅かった。この世界にない言葉を口走ってしまったと慌てた。

「いや、魚……魚っぽいけど、でも……顔が怖い！」

「なんだか鋭い歯が生えてるし、口がでかい……あの歯には毒が入っていて、噛まれたら死ぬんだぞ！」

「体も、ほらこんな、たくさん棘《とげ》が生えてる。触っちゃだめだ、怪我するぞ」

「おしゃかな、おしゃかな！」

「カリーヌさん！　そっちに行ってはいけません！　だめです触っちゃだめです！」

皆がためらう中、カリーヌは幼児の傍若無人《ぼうじゃくぶじん》さを発揮して沼に入っていく。靴はたちまちどろどろだ。「ドリアーヌに叱られる！」とリュカは蒼ざめた。

打ちあげられているたくさんの魚（っぽい生きもの）がびちびちしているけれど浅瀬に打ちあげられた水は少ないので逃げはしない。カリーヌの手には大きすぎる魚は鯉《こい》っぽく見える。びっしりと棘が生えているのは不気味だし棘に刺されたら痛そうだ。泥を打つ力強い尻尾も棘が生えている。形は鯉を思わせるけれどその棘は確かに怖い。しかしリュカの意識はその奥にあるであろう身に向いていた。

「鯉って高級魚じゃないか……あんなに元気で新鮮だったら刺身にできるよ」

「え？」

「いや、なんでもない！」

不思議そうなエクトルをどう誤魔化そうかとリュカは焦った。

「う、わぁっ？」

いきなり雨がざぁざぁと降ってくる。うっかり口をすべらせたリュカを助けてくれたのか。まわりの者たちは悲鳴をあげて逃げ出した。リュカも靴がどろどろのカリーヌを回収して避難できるところを探す。

「わぁ、すごい雨だね」

「この季節はときどきこうなんですよ。だからバジケテルもあんなに繁殖する」

「あれ、美味しいと思うんだよね……」

「え？　美味しい？」

「あ、いや……あの」

エクトルもマルクも、セヴランもリュカを見た。あわわ、と口を押さえた。リュカが抱っこしているカリーヌも不思議そうにリュカを見あげている。セヴランがなにかを考える表情をした。

「そうですね……あのゴリアンテの肉をあんなに美味しい食べものにしたリュカさんです。期待できますね」

「いや、期待とか……裏切ったらごめん」

「そんなことはありませんよ、楽しみにしています」

にっこりとセヴランは微笑んだ。リュカは肩をすくめる。

「バジケテル、獲ってみる？　美味しく料理できたら食べてみてほしいな」

「そうですね……」

そう言いつつもセヴランは嫌そうな顔をする。

「なんでそんな顔するの？　バジケテル獲るのいや？」

「気持ち悪いじゃないですか」

「そうかな？　普通に鯉、いや魚、いやいや美味しくなる食材っぽいけど」

「食材……」

リュカの言葉にセヴランは不思議そうな視線を向けてくる。リュカは慌てて言葉を誤魔化した。

「鯉、じゃなくてバジケテル、獲りに行こうよ」

「いえ、あの……獲りに、行きますか……」

「いっぱい獲って開いて、そうだな……蒸干《むしぼ》しにして保存しとこうよ。食材が足りないときに役に立つと思うよ」

「蒸干し？　干し肉ではなくて？」

「うん、一回蒸してから干したら肉質もしっかりするし味も濃くなると思うんだよね」

「ほう？」

セヴランが興味を示す。リュカは「鯉の身は淡白だからあの魚みたいな生きものもそうしたほうが美味しくなると思う」という言葉を呑み込んだ。話を聞いていたエクトルが目を輝かせた。いつも寡黙なエクトルにしては珍しい。リュカは驚いた。

「ね、エクトルも。バジケテル獲ろうよ、いっぱいつかまえて保存食にしよう。新しい食材になると思うしいいことばっかりだよ」

「俺もいいことだと思う」

横に立っていたエクトルが小さく言った。僕も私もとバジケテル捕獲に同行したいという者が声をあげる。エクトルに影響されたのだろう。リュカたちがバジケテルの蒸干しの話をすると皆はなお興味を持った。

「おしゃかー！　おしゃーかーなー！」

「うんうん、カリーヌも一緒に行こう、一緒にバジケテルつかまえような」

「つかまー！　つかま、えー！」

やがて雨が小降りになった。皆は連れ立ってぞろぞろとバジケテル狩りに向かう。続けて次々に声をかけられた。その中に若い女性がいる。ペラジーという黒い髪と青い目の快活な女性だ。身なりは貧民街の者らしくつぎはぎだらけだけれど気にならない。

「どこに行くの？」

「え？　バジケテルを？　……獲る？　食べる……？　かな？」

リュカの言葉にペラジーは驚いた。しかしセヴランより早く理解した。

「ええと、バジケテルはぬるぬるしてるからね、すぐに逃げられちゃうから。うまくつかまえるコツがあるんだよ」

「コツ？　コツなんてあるんだ。どんなのどんなの？」

「ふふ、沼に着いたら教えてあげるよ」

得意げに言ったのはセヴランと同じくらいの年齢の女性だ。好奇心でいっぱいだという表情をしている。

「つかまえたことあるの？」

「遊びでね。まさか食べるためにつかまえることになるとは思わなかったけど」

笑いながらリュカたちはぞろぞろと沼に向かった。ついてくるセヴランはまだ渋い、複雑な顔をしている。

「うわぁ、いっぱいいいるなぁ」

「おお、腕の振るい甲斐があるね！」

「気持ち悪い……」

無数のバジケテルが浅瀬でびちびち跳ねている。リュカにしてみれば捌き甲斐のありそうな鯉っぽい魚が大量に跳ねているので腕が鳴るばかりだ。つかまえてうまく調理すれば美味しい食材になると思うと意欲も湧いてくる。

「ねぇねぇペラジー、バジケテルつかまえるコツってなに？　ぬるぬるなんでしょう？」

「ふふ、それねぇ」

秘策があると言ってペラジーは腕まくりをした。

「腕力頼みってこと？」

「がしっとつかんで顎あたりをぎゅっとつまむんだ。力を入れればおとなしくなるよ」

「おお、心強い」

泥舟街の子供たちもわさわさ集まってくる。エクトルの仲間たちらしい。バジケテルが食料になるのならと、考えていることは同じだろう。

「わぁ、カリーヌも来てるの？」

「あー！　きゃー！　くらー！　くらりー！」

「リュカ……バジケテル、つかまえるの？　なんのために？」

「うん、蒸干しにしたらバジケテルの肉、美味しいと思うんだ」

「蒸干し？　それ美味しいの？」

「うん、ちょっと手間がかかるけど日持ちするし味が濃くなるから。きっと美味しいと思うんだよね。一緒にバジケテル獲って蒸干し作らない？　蒸すのとか干すのとかうちの屋敷の厨房でできると思うから」

「本当に？　俺たちにも食べさせてくれる？」

「もちろんだよ、みんなで食べよう。たくさんつかまえられたらたくさん作れるから一緒に獲ってくれる？」

「わかった！」

　皆はにわかに張りきった。鯉に似ているバジケテルは大きいので捕獲そのものは難しくない。難点は表面がぬるぬるしていて、掴めてもぬるりと逃げられるのでなかなかうまく捕獲できないのだ。

「うーん、本当にぬるぬるしてる。意外と大変だ」

「うわぁ！　わわっ、そっちに行ったよ！」

「掴んで、掴んで！」

沼のまわりは修羅場になっている。雨の中バジケテルがぴちぴち跳ねて、それをたくさんの人間が追いかけているのをリュカは唖然と見ていた。顎をつまめばいいとのことだったけれどその段階に至るまでの難易度が高すぎる。同時に体中に棘がびっしりだからと触れるのも躊躇われる。だからこの魚っぽい生きものが忌避《きひ》されてきたのかもしれない。この生きもの的にはそのほうがよかっただろう、そのために進化したのかもしれない。

「待てよ、そうだな。確かウナギをつかまえる方法が……」

リュカは手を止めた。

（ウナギもぬるぬるじゃないか。それをどうやったら解決できるかって……楽に掴める方法が……ええと、そうだ。濡れタオルで掴めばいけるんだった！）

「リュカ、どうしたの？　そっち行ったよつかまえて！」

「タオル！　濡れタオルでつかんだらいいと思う！」

「濡れタオル？　ええとタオルはないけど布なら」

リュカのあげた声に皆がきょろきょろした。なにしろ先ほどまで雨だったのだ。皆なにかしら濡れた布を持っている。リュカが思い出したことを口に出すと皆が「濡れた布？」

「濡れた布で掴めばいいらしいぞ！」と声が広がった。皆は頭や首に巻いていた布を取る。湿り気が足りないものは沼の水に浸ける。皆がバジケテルの捕獲に夢中になった。

「あっ、布越しなら棘、大丈夫だ」

「あれ？　この棘、意外と脆いぞ？」

「そっち！　跳ねてる跳ねてる！」

「わああ、待て待て！」

いっそうの騒ぎの中で一番手際がいいのはエクトルだ。冷静な表情で鮮やかな手つきでどんどんバジケテルをつかまえては袋に突っ込んでいる。鯉に似ているバジケテルは大きいので袋はすぐにいっぱいになる。袋の口を縛った中で大きなバジケテルがびちびち跳ねているのは少しホラーみがあった。

「リュカ、カリーヌ抱いてて！」

「わわっ!?」

「きゃーっじょす、じょすっ！　あにちゃだっこ！　だっこ！」

いきなりジョスに言われて慌ててリュカはカリーヌを抱っこする。ジョスは布を取り出して濡らす。驚くほど鮮やかな手さばきを見せた。見ていて感心してしまう。マルクもエクトルやジョスほどではないけれどバジケテル捕獲の手伝いを頑張っている。やがてそれぞれのバジケテル捕獲の手腕によってたくさんのバジケテルが集められた。沼のまわりの袋や籠はびちびち跳ねている。中のバジケテルはとても元気がいい。

「これくらいつかまえられたらいい？」

「これだけ集められたら、捌《さば》くだけでも大変だね」

リュカはしみじみとあたりを見まわした。ふと手を止めて考える。エクトルが顔を覗き込んできた。

「どうした、リュカ？」

「こんなにたくさんだと捌くだけでも大変だなって……人手が足りるかな。うちの厨房なら道具も揃ってるけど、みんなも手伝ってくれるかな」

「さっきも聞いたけど、蒸干しってなんなんだ？」

「うん、バジケテルを開いて蒸して干して、炙《あぶ》って食べるんだよ。ここではあんまり使われない手法みたいだけど。でもバジケテルの肉を食べやすく美味しくするのに役立つと思うんだ」

「ここでは？　ここ？」

「あっ、ううん、気にしないで。とにかく蒸干しにしたらもっと美味しくなると思うから。それをこのバジケテルの肉で試してみたいんだ。新しい調理方法は試してみたいけどこんなにたくさんあっても仕方ないから。もしかして失敗するかもだけど、そのときはごめんね」

「そうか、わかった」

エクトルは安堵の表情を見せる。獲物を奪われる心配をしていたのだろうか。泥舟街で生きる厳しさを思い知らされてリュカはしゅんとした。

（泥舟街のことはよく知らないけど、貧民街である以上いい環境なわけないから。食料とか騙されて奪われて餓《う》えに苦しむとかとかしょっちゅうあるんだろうな）

ならばますますエクトルたちに誠実でありたいとリュカは思った。バジケテルの肉を美味しい燕干しにしてエクトルたちに食べてほしい。少しでも彼らの腹の足しになるなら言うことはない。

びちびち跳ねるバジケテルを閉じ込めた袋や籠を皆で抱えて屋敷に向かった。厨房の者たちは揃って仰天した。驚いて声をあげる調理係たちを見てカリーヌがきゃっきゃと喜んでいる。

「バジケテルの肉を燕干しにしたいんだ。保存できるし味も美味しくなるよ」

「えっ、そうなのですか？　この奇妙な生きものが？」

「いや、うん、まだやってないからわからないけど、たぶん、絶対、美味しくなる」

「リュカさまがそうおっしゃるならそうなのでしょう」

妙に厨房の信頼があることがくすぐったい。少しばかり照れてリュカは肩をすくめる。

厨房の調理台の上では袋から出されたバジケテルが好き放題に跳ねている。

「ほら、押さえろ！　つかまえろ！」

「わああ、じっとしてじっとして！」

沼での喧騒《けんそう》が厨房でも繰り返される。跳ねまくる魚を前に、リュカはナイフを構えた。厨房の中で一番大きいナイフを握りしめる。そんなリュカをオーブリーが興味津々で見つめている。

「リュカさま、どうやってこれを……？」

「捌く、とは？」

厨房のほかの皆も訝しげな顔をしている。リュカからするとバジケテルは立派な食材だ。それなのに誰も食べようと思わないのは、このラコステの土地が（貧民街はあれど）比較的食料の豊富な土地だからなのかもしれない。毒の芋を果敢に食べた民の末裔としては羨ましい限りだ。飢えないのは素晴らしいことだ。

「これを、食べるのですね？」

「うん、手を加えたら美味しいものになると思うんだよ」

リュカは大きなナイフを使う。ナイフの背でがりがりと折れた棘のあとを削るとどんどん取れて、きらきらしたかけらが床に落ちた。

「なんかきれいだな」

「宝石みたいですね」

バジケテルを捌いているリュカを覗き込んでいるオーブリーは感心した声をあげた。

「だね。うん、これ。これはこうやって、三枚におろす」

「三枚？」

魚を右身、左身、中骨の三つに切りわける。頭と内臓を除いた。

「うわぁ、気持ち悪い！」

声をあげたのはオーブリーの後ろにいた若い調理係だ。

「そうだけどさ。そんなこと言うとかわいそうだよ」

「そうですね……カリーヌさまは平気なのでしょうか……こんな、生きものの内臓とか」

「なんか喜んでる。平気みたい」

ナイフを動かしているリュカの傍ら、別の調理係に抱えられて調理台を見ているカリーヌはばたばたご機嫌に足を動かしている。きゃっきゃと声をあげていて、大きな緑の目がきらきらと輝いている。

「このようなものを見て、気味悪いとか思わないのでしょうか」

「どうかな、カリーヌには『美味しい食べもの』に見えるんじゃない？」

「美味しい食べもの……」

「この状態だとまだまだ美味しくなりそうには見えないかも知れないけど。でもイーヴォの腸とか使ってソーセージ作るでしょ？　同じ感じだよね」

「ああ、なるほど」

イーヴォとはこの世界の、豚に似た動物だ。オーブリーは納得したように何度も頷いた。

とはいえ内臓の処理は確かに気味が悪い。ぬるぬるしている。リュカも苦手だ。何匹ものバジケテルは横でぴちぴち跳ねている。バジケテルに「早く捌いて」と順番を待たれているような気がして（違うと思うけれど）リュカは急いで手を動かした。ナイフを中骨にそって入れ、右身と左身を切り離す。

「うわぁ、きれいな身だな。鯉みたいだけどかなり白身に近いね」

「白身？　とは？」

「あっ、うん。こういう白っぽい肉のこと。白身だったらくせがないから調理しやすいし。蒸干しにする以外にもいろいろ使えるから役に立つと思うんだ」

「そうですね、食材が増えるのは助かります」

「ゴリアンテの肉も、ここいらではもう一般的な食材になりましたしね」

「手間はかかるけどゴリアンテはいっぱい狩れるし、このバジケテルも」

「うんうん、俺たちも切り分け方を覚えておきたいしな」

リュカが（前世の記憶に従って）おかしなことを言うのはいつものことなので厨房の者たちも慣れたものだ。それでも（今まで以上に）おかしなことを言わないように気をつけながらナイフを動かす。

「バジケテルが、こんなにきれいで……美味しそうだとは思いませんでした」

リュカがバジケテルを料理していると聞きつけたらしい調理係たちが集まってきててん

でに質問してくる。興味津々なのを隠そうともしないのが嬉しい。リュカは訊かれるがままに答えた。三枚おろしの方法は難しくはない。厨房の調理係たちはプロだ。リュカがもう一匹捌いただけでやり方を呑み込んだようだ。大量のバジケテルがあちこちで解体されていく。意外と脆い棘とぬるぬるしている鱗を取ってしまえば中はリュカの知っている魚と変わらない。調理は容易《たやす》いようだ。

「で？　これを蒸すんですか？」

「うん、そう。こうやって鍋に広げて蓋をして、火にかけるんだよ」

「なるほど、どのくらい蒸せばいいのでしょうか？」

（圧力鍋だったら十五分くらいだったけどここにはそういうのはないから）

思わず口に出しそうになって、慌ててリュカは口を噤んだ。

「そうだな、様子を見つつ……三十分とか、一時間くらいかな？」

「じゃあそのくらいで。ときどき見て、身がきゅっと締まった感じになったらちょっと味見してみましょう」

バジケテルを捌いてしまえばリュカも厨房を仕切るオーブリーの指示に従う立場になる。リュカもたくさんの鍋を火にかける作業を手伝った。調理係たちは鍋の中の様子を見たり手際がとてもいい。手早い調理の作業を見ているのは気持ちよかった。

「こんな感じですか、リュカさま」

「そうだね、充分しっとり柔らかって感じかな？　ほら、ちょっと味見してみて？」

「あ、はい……あ、美味しい」

「本当？　まだ蒸しただけだけど。もう美味しい？」

「そうですね、なんかふわっとした食感だな。味はそれほどはっきりしていませんけれど」

「そうか、だったら干したら味が凝縮されるよね、干し肉と同じだから。食感がいいならよかった、味もよかったら最高だね」

リュカの言葉に皆がうんうん頷いている。ほかほかの湯気に「あちち」と声をあげながら肉を干す作業が始まっている。蒸してから干すという作業は初めてでもそれぞれの作業は珍しいものではないから調理係たちはとても手慣れている。

「どのくらい干しておけばいいでしょうか」

「そうだなぁ……乾燥も様子を見ながらかなぁ。三日くらい、様子を見つつって感じかな」

「カジェタンの肉の干物は、一週間は干しますが」

カジェタンは牛肉に似ている。捌く前の姿は牛には似ても似つかないけれど、その肉はとても牛肉に似ている。最初食べたときは懐かしさのあまり声をあげてしまったくらいだ。

思い出しながらリュカは言った。

「初めてだからね、うまくいったら冬の間も保存しておけるね。戻したらお料理に使えるし、干物だから炙っても美味しいね」

「炙る……」

かたわらで調理係たちが喉を鳴らしている。それはリュカも同じだ。顔を見合わせてくすっと笑ってしまう。

「干すのも手伝ってくれる？　むらなく乾燥させられるように見てまわってほしいんだ」

「わかりました！」

調理係たちは張り切った声をあげた。大量のバジケテルの肉を干す作業場も賑やかだ。これだけの量だからいつも使っている干し場だけでは足りずあちこち干せる場所を探して駆けまわっている。調理係たちもいつもの仕事に加えての作業は大変だろうにとても熱心に作業してくれている。

泥舟街の住人たちにもたくさん手伝ってもらった。無事にバジケテルの身を開いて干すことができたと報告に向かった。見慣れた顔に囲まれて話していたリュカは、セヴランを見かけて声をかけた。セヴランは妙に考え込んでいる。リュカは声をかけた。

「ああ、リュカさん。すみません」

「どうしたの？」

「せぶーせぶー？」

リュカに抱っこされたカリーヌも足をばたばたさせながらセヴランを見ている。眉間に皺を寄せたセヴランは思いもしなかったことを言った。

「バジケテルの蒸し干し。販売を考えませんか？」

「販売……？」

セヴランの言葉にリュカは目を見開く。

「売るってこと？　これを？　誰に？」

「美味しいものなのは確かですからね。リュカさんがそう言うのですから味は間違いないですよ」

「いや、それはどうかな……」

真剣な顔で絶賛されて、リュカは思わず頭を掻いた。

「欲しい人はたくさんいますよ。売りあげを泥舟街の住人に使ってもらえるようにすればいいと思うのですよ。バジケテルの捕獲は泥舟街あってこそだし、つかまえるためにも働いてくれたのですからね」

もちろんベルティエ家の調理係の方々にも加俸を。セヴランは真剣な顔でそう続ける。

「そういうの考えたこともなかった。販売するっていっても……そうしたら定期的に作らなくちゃいけないし品質も安定させなきゃだし……」

むむむ、と悩むリュカにセヴランは声をかけてきた。

「リュカさん、この件は私にお任せくださいませんか？」

「セヴランさんに？　セヴランさん、商売できる人なの？」

「そうですね、少しばかり伝手もありますし。あちこちのギルドに顔を出してますから」

　リュカたちが話しているところにエクトルが通りかかった。ペラジーもいる。話を聞いたエクトルは頷いた。ペラジーは首を傾げている。

「そうか。セヴランが手がけるならいい金になるかもな」

「エクトル、セヴランさんの……商才のこと、知ってるの？」

「商才だなんて、そんな」

　ははとセヴランは照れくさそうに笑う。大きな体を揺らして笑っている様子は確かに頼もしい。

「せぶーせぶー！　あっこあっこ！」

「ああ、カリーヌさんも賛成してくださいますか。どうぞどうぞ、おいでください」

「きゃー！　もと！　もと！」

「あはは、カリーヌさんに応援していただければ百人力ですね」

　セヴランはカリーヌほどの赤ん坊の父にしては若いけれど「なんだか親子みたいだ」とリュカは思った。

（こんなこと思ったら父さまに失礼かもしれないけど、セヴランさんは泥舟街の子供たちの子守にも慣れているんだろうし）

　父のルイゾンに失礼であるつもりはない。ルイゾン以上にセヴランの赤ん坊をあやす手が慣れているというだけだ。

「セヴランさんって子供いるんですか？」

「まさか、私は独身ですしね」

「おや、でもこの間ずいぶんな美人と一緒に歩いてたよね」

「なに言ってるんですかペラジーさん。そんないい人いるわけがない」

冷やかすようなペラジーの言葉にセヴランがははと笑う。明るくて楽しげな笑い声だ。

それにカリーヌの笑い声も混ざってリュカはすっかりリラックスした。


それはバジケテルの燕干しがもう少しでできあがるというころだった。リュカはカリーヌを連れて泥舟街に来ていた。ジョスとマルク、セヴランに連れられて足を向けたことのない木の生い茂った外れを探検しようということになった。

「今日はお天気よくてよかったね」

「普段はこうなんだよ、ときどき大雨が降る。あんなふうに出水があるくらいすごいのは珍しいけど」

「そうだよね、あんなに水浸しなの見るの初めてだった」

リュカがセヴランたちと話している間にも、リュカの抱っこしているカリーヌはきゃあきゃあ声をあげている。

「ご機嫌だね、カリーヌ」

「なにかいいものあるのかな？」

「あ！　あ！」

「どうした、カリーヌ？」

「あ！　あ、ああっ！」

しきりにカリーヌが声をあげる。カリーヌを抱っこしたままリュカはきょろきょろとした。

「あれ、なんかいい匂いがする」

「いい匂い？　ですか？」

セヴランが首を捻っている。

「うん、甘いとかそういうのじゃないんだけど……これは、味噌《みそ》？　の匂い？」

「なんの匂い、とおっしゃいました？」

「み、そ？」

ジョスもマルクも首を傾げている。無理もない、前世の記憶があるリュカの鼻にだけ届くやたらに食欲をそそる匂いだ。

「味噌、だ」

「ええっ？」

「ううん、え、と、美味しいもの！」

「美味しい？　なにが？」

食べたことがなければ食べものだと思えないかもしれない。

（そもそもなんでここで味噌の匂いが？）

「きゃーっ、あっちあっち！」

「わわっ、カリーヌ暴れるな！」

ねだられるがままにリュカはカリーヌを下ろした。思わぬすばしっこさで走るカリーヌを追いかける。カリーヌは木の茂る中に入っていってしまいリュカは慌てた。

「カリーヌ、カリーヌ！　あぶな……わ、っ！」

林の奥は薄暗い。味噌の匂いがする。

「これ……赤味噌っぽい匂い……？」

「あにー！　あにーっ！」

「はいはい、なに……あれ、それが？」

「ちゃーちゃー！　あにーあにー！」

「あれ？　あれ採るの？」

小さな丸い葉のついている背の低い木にリュカの手で包めるくらいの実がたくさんなっ

ている。椰子《やし》の実のように表面が茶色い皮で覆われていた。

「わっ！」

ひとつもぐと味噌の濃い匂いが広がった。記憶にあるものよりもすこし生ぐさいような気もするけれど懐かしい匂いだ。すぅと吸い込んでため息をついた。

「本当だ、味噌だ」

実は固そうだけれど桃のように割れ目が入っている。指をかけて力を込める。

「わっ、割れた！」

「あにちゃ！　あにちゃしゅごー！」

「おお……これは」

味噌の実（仮称）の中には味噌の色をした柔らかい身が詰まっている。とろりとしていて斜めに傾けるとこぼれ落ちそうだ。

「美味しそう……」

「これは……食べられ、るのですか？」

「うん、美味しいと思うよ」

言いながら実の中に指を突っ込む。

「わぁ！　リュカさんなにを！」

「あっすごい。お味噌だ」

もうひと掬い中身を口にする。確かに味噌だ。厳密にはやや違うけれど充分に「味噌だ」と認識できる味だ。実の中はとろとろした味噌の色の半生のようなものが入っている。

（なんか、あれみたいだな。味噌玉。戦国時代の陣中食《じんちゅうしょく》。武田《たけだ》信玄《しんげん》が始めたんだっけ、味噌を干したり焼いたりして作った携帯食だったような。似てるような気もするけど……微妙に違うな。なんでこんなものがあるんだろう……まぁ理由なんかないんだろうけど。こういう植物が存在する、それだけのことだ）

　味噌はこんなふうにぱくぱく食べるものではないはずだ。なのに思いのほかの美味に食べるのを止められない。

「私にも味見させてください」

　好奇心を隠さずセヴランは言って、味噌もどきをひと掬い舐めた。

「おっ、これは」

「美味しい？」

「ええ……美味しい……ううん、興味深い、味？」

「それって美味しくないいんじゃ？」

「そんなことはありません。美味しい、ですが……今まで知らなかった味なので」

「表現しにくい？」

「そうですね……これ、は。でもいやなわけではありません、慣れの問題かと。うーん、そうですね……あっ、あれ！」

「あれ？」

「バジケテルの蒸干しですよ、あれに塗って食べたら美味しいのでは？」

「あ、ああ！　そりゃそうだ、干物《ひもの》に味噌！　合う！」

「え、ええ、そうでしょう」

リュカの勢いにセヴランはたじたじとなった。すぐに勢いを取り戻す。

「蒸干しとこの、とろとろした……」

「うん、味噌……『みそ』って呼ぶのでいいと思うよ」

「そうですか、みそ……これをセットで販売すればますます人気の品になるはずです」

「そうかな、そうだと嬉しいけど……っと、カリーヌ。おまえの見つけたみそ玉、これ最高だな」

「かりー！　かりーも！　あにちゃ！　ちょー！　ちょーっ！」

「わかったわかった。カリーヌには味が濃いかもしれないからちょっとだけな」

「きゃうーきゃうー！　あっ！　うまうま！　うまっ！」

「ん、気に入ったか？」

「うまうまーっ！　もと、もとっ！」

「おっと、食べ過ぎはよくないよ」

「もとっ、もとおっ！」

「おお、カリーヌさん。なかなか健啖家《けんたんか》ですね」

「せぶー！　せぶー、うまうま？」

「ええ、私もいただきました。リュカさんの作ったバジケテルの蒸干しと合わせれば、きっとますます美味しいものになりますよ」

「うまーうまー！」

「あはは、ここまでカリーヌさんに絶賛してもらえるのですから、確かに評判になるでしょうね」

「だったらいいね。売りあげがいろんな人の助けになればいいね」

「ベルティエ家にも富をもたらしますよ。ベルティエ伯爵家の歴史にリュカさんの名前が残りますよ」

「そうかな……」

そういうことには興味はないけれど、セヴランが嬉しそうにそう言っているので「まぁそれでもいいかな」という気持ちになった。

みそ玉の中身を炙ったバジケテルの蒸干しに塗って焼いてみる。

「おおおお……いい匂い……」

「これは……知らない味だ……」

「美味すぎる……」

ベルティエ家の厨房で行われた味見会は好評だった。皆が未知の味に夢中になった。

「リュカさま、こちらも味見してください」

「わぁ、やっぱり美味しいね。ちゃんと味噌焼きにしたいね」

リュカたちが味見している周囲がにわかに緊張した。

「えっ、なに？」

「あっ父さま！」

厨房に入ってきたのは父のルイゾンだ。リュカたちを見つけるとにこにこしながら近づいてきた。

「干しているときから気になっていたんだ。私にも食べさせてもらえないかな」

「うん、もちろんだよ！」

厨房はにわかに賑やかになった。とはいえ味噌焼きは難しい料理ではない。バジケテルの干物の表面に浅く切れ目を入れて味噌、もといみそ玉の中身を塗る。浅い鍋で焼いて軽く焦げ目をつける。

「わぁぁ、いい匂い！」

「これは美味そうだな……」

厨房の隅で試食会が始まった。味の落ち着いた干物に味噌風味のみそ玉の中身はとてもよく合った。

「これは素晴らしいな」

満足そうな顔をしているルイゾンに、リュカはセヴランの提案を話してみた。

「セヴランさんが販売ルートの確保をしてくれるんだって。バジケテルの蒸干しにみそを塗ったものを商品として流通させてくれるって」

「ああ、そういう話か。なるほど」

もぐもぐ口を動かしながらルイゾンは言った。

「そうだな、お金のことは父さまが話した方がいいだろう。その、セヴランさんと会いたいな」

「うん、父さまが話をしてくれるほうがいいと思うんだ」

この世界にはこの世界の物流の仕組みがあるだろう。ここではまだ九年しか人生経験のないリュカよりもルイゾン、そしてセヴランに任せた方が商売はうまくいくだろう。儲けることが目的ではなく泥舟街の住人に喜んでもらいたいのだから。

第五章　唐揚げとラーメン

リュカは十二歳、カリーヌは六歳になった。そのころにはリュカの料理の腕前はベルティエ伯爵家に関わる者たちにはすっかり知れ渡っていた。

もっとも「伯爵家の子息が厨房に立つ」ことをよく思わない者は多い。二十一世紀の日本でも『料理男子』などと揶揄《やゆ》されていたのだ、文化的にはもっと前近代的なこの世界でリュカの趣味が簡単に受け入れられるわけはない。それくらいはわかっている。

「なぁ、カリーヌ」

「なに、あにちゃ？」

偶然なのかなんなのか、カリーヌは前世と同じようにリュカを「あにちゃ」と呼ぶ。無意識だろうし突っ込むつもりもない。満足に話せないころから「あにちゃ」と呼ばれていたけれど「それでいいのか？」という気がしないでもない。リュカとしては悪くないと思っているけれど。

「カリーヌは……わかってるよな？」

「なにを？」

端材を使って薪番が作ってくれた、おままごとの包丁を手にカリーヌは赤い木の実を刻んでいる。大きなくりくりしたカリーヌの目は緑で、母ポレットの宝石箱の中のひとつのようだ。

「おまえは……前世でも僕の妹だった」

「うん、そうだね」

驚きなど微塵も見せずにカリーヌは答えた。カリーヌはどうにも淡々としている。テンションが低いというか沸点が高いというか、赤ん坊のころはささいなことではしゃいでいたと思うのだけれど、今ではすっかりツッコミ役になっている妹だ。淡々と対応されるのでどうしていいかわからないときがある。戸惑いながらリュカは言葉を続けた。

「僕は前世の記憶があるんだけど、おまえは？」

「あにちゃは、あのころもお料理がうまかった」

「ああ、うん」

「最初に食べたお粥、あにちゃの味だなって思った」

「へぇ……そうなんだ？」

話すどころかあうあう言っていただけの小さなカリーヌがそんなことを思っていたなんて。なんせカリーヌと意味の通じる会話ができるようになったのはここしばらくのことだ。

「あのお粥、あにちゃの味だなって思って。わたしなんで知ってるのかなって思って。これは生まれる前から知ってたことだなってわかったの」

その淡々とした調子にリュカはどう反応していいかわからない。戸惑うリュカを慰めようとでもいうのか、カリーヌはおもちゃの包丁を置いてリュカの前にぺたんと座った。

「あにちゃ、わたしにまた会えて嬉しい？」

「もちろんだよ」

「そう、よかった」

誘導尋問みたいだ。カリーヌがにこにこしているからいいけれど。

「この世界って、不便だよな」

今まで言いたくても言えなかったことだ。カリーヌはきょとんと目を見開いて「ああ、そうだね」とため息をついた。

「唐揚げ食べたい」

「なんだいきなり」

「唐揚げ粉いっぱいまぶしてかりっと二度揚げしたやつが食べたい。レモンかけたやつ。生のレモン絞ったやつだよ、瓶入りのじゃなくて」

「おまえ、変わってないな」

リュカは笑う。カリーヌは不思議がるような表情をした。

「おかしいかな？　あにちゃだって今もお肉が好きじゃない。ゴリアンテのお肉もバジケテルの身も食べられるように工夫したのはあにちゃでしょ？　前世でも焼き肉大好きだったじゃない」

「そうか……そうだな、そういえばそうだった」

「だからゴリアンテのお肉なんて、たくさん手に入るけど食べにくいもの、工夫して食べられるようにしたんだよね？　ゴリアンテなら森にたくさんいるもんね、狩猟師たちはいつも狩れすぎて困るって」

「僕が食い意地張りすぎみたいじゃないか」

「食い意地が張ってるのはいいことだよ、ごはん食べなきゃ死ぬんだから」

「そりゃそうだけど……」

「貧民街の助けになってるって聞いたけど？　いいことじゃない」

「いいこと……まぁ、いいこと、かなぁ？」

「いいことだよ、あにちゃは立派な人だなって思うな」

「そ、うかな？」

「うん、偉い偉い」

　妹に褒められて気をよくした。リュカは思わずにやにやしてしまう。カリーヌはそんなリュカを尻目に窓に目を向け「あ、ちょうちょ！」と声をあげた。ひとしきり黄色い蝶を追って、満足げな顔でカリーヌはまたリュカを見た。

「唐揚げ食べたい」

「自由かおまえは」

そう突っ込むしかない。カリーヌは涼しい表情をしている。リュカは大きく息をついた。

「そうだなぁ……唐揚げ粉はなにでできてたっけ」

首を捻ってリュカは記憶を呼び起こした。

「小麦粉がメインだろう、そこに砂糖なんかの糖類《とうるい》とか醤油《しょうゆ》とか、酒ににんにく、卵に……酵母エキス……かな？」

「酵母エキスってなに？」

「ええと、要は旨味《うまみ》成分なんだけど」

「旨味成分って？　昆布《こんぶ》とかしいたけとかに含まれてるみたいな？」

「そうそう、グルタミン酸とかイノシン酸、グアニル酸とかがそう。酵母のタンパク質が分解してできるアミノ酸の種類」

「味の素が確か、その……ナントカ酸でできてるんじゃなかったっけ」

「そうだな、グルタミン酸ナトリウムは味の素のこと。味の素はグルタミン酸にナトリウムを結合させた化合物で、グルタミン酸はアミノ酸の中のひとつだから」

「突然、科学の授業開始！　あにちゃ先生！」

「茶化すなよ。酵母ってのはさ、パンを膨らませるのにパン酵母を入れるだろう、いわゆるイースト菌だけど。ここではパン種って呼ばれてる」

「うん。言うほど膨らまないけどね」

「そのパン酵母は、酵母がアルコールを作るときついでに二酸化炭素を出す力を利用してるんだ。ぺったんこのパン生地の中で二酸化炭素のガスをどんどん出して、それでパンが膨らむ。気体は熱で体積が増えるし、パン酵母がないとクッキーになっちゃうから」

「ああそうか、ぷうって膨らませるのが酵母の働きなんだ」

うん、とリュカは大きく頷いた。

「酵母の細胞成分を、遠心分離して抽出して濾過《ろか》してエキス化して、加熱して水分を飛ばして濃縮したのが粉になって、それが酵母エキスだな」

「ふうん……面倒だね」

「酵母のタンパク質が分解してアミノ酸に変化する。そしたら旨味やら甘みやら苦味やらがいろいろ出てきて、料理に味わいが生まれるんだ」

「唐揚げ粉の中に入ってるのが、その……アミノ酸？　なんだ？」

「そう、味の素のグルタミン酸もアミノ酸のひとつ、ってさっき言ったやつ」

「そうつながるんだ。味の素みたいな旨味が入ってるんだったら、そりゃ美味しいはずだよね」

カリーヌは大きく頷く。リュカは眉をしかめた。

「あにちゃ、どうしたの?」

「こういうことって今まで何回もあってさ」

「こういうこと?」

「この世界にはないものの代用を考える羽目《はめ》になることだよ」

「代わりのもの? そういうのあにちゃ得意じゃない」

「得意ではない」

眉を寄せてリュカは言った。カリーヌは声を立てて笑う。

「あにちゃ、面白い顔!」

「ほっといてくれ……」

リュカは脱力する。またカリーヌは笑った。

「カリーヌは笑い上戸だな。前もそうだった」

「そうかな?」

「変わってないな。こうやって見るとますます前世のままだ」

「自覚はないけどね?」

リュカにとっては懐かしい面影だ。カリーヌには感慨がないらしいけれど。

「それよりも唐揚げ。食べたい。唐揚げ粉ほしい。からっと揚がったのが食べたい」

「じゃあ作ろう」

　カリーヌの望郷《ぼうきょう》（望味？）の表情を見ていると、どうにかしてやりたいという気持ちが湧きあがる。リュカは力強く大きく頷いた。

「お兄さまがどうにかしてやろう」

「わぁい、あにちゃ大好き！」

　両手をぱちぱちと叩いてカリーヌは喜ぶ。そんな反応はやる気を奮い立たせてくれる。

「じゃあまずは唐揚げ粉かな……粉がちゃんと作れたら味は保証できる」

「わぁいわぁい！」

「鶏肉に似たものは……イネッサの肉かなって思うけど。まずは粉と揚げ油……」

　リュカは唸った。「唐揚げ！　唐揚げ！」と踊りあがらんばかりのカリーヌとともにリュカは厨房に向かった。昼餉と夕餉の間の時間なので厨房の人は少なかった。リュカたちが厨房に立ち入るのはいつものことなので中にいる誰も気にしない。

「小麦粉はあるし、砂糖……も、ちょっとくらいなら使っていいかな。醤油はないから、これ。豆を煎《い》った粉」

「へぇ、これがお醤油の代わりなの？」

「代わりってほど醤油っぽいわけじゃないけど、風味づけくらいにはなる。大豆に似てるのはドノンの実だと思って、でもちょっと大きいから。砕いて炒って軽く焦がしてすりつぶした。ほら、風味が醤油っぽくない？」

「うん、いい匂い。お醤油っぽい感じするね」

リュカは背伸びをして棚に手を伸ばした。

「酒はワインになっちゃうけど、そうだな、これなら日本酒っぽいかな？　卵に……酵母エキスか。アミノ酸……旨味成分か。なにか代わりになるもの、なぁ……」

「あにちゃ、難しい顔してる」

「難しいんだよ。カリーヌも考えて」

「えーと……そうだなぁ」

半分は冗談だった。しかしカリーヌは意外にも真面目に考えてくれているようだ。

「アミノ酸だの旨味成分だの、難しく考えるからだよ。美味しくするためのもの～なにかななにかな～美味しそうなもの、あるかな～」

淡々と適当な歌をうたいながらカリーヌは厨房をうろうろした。

「なにをお探しですか、カリーヌさま？」

「ん～？　酵母エキスの代わりになるもの探してる」

「こう、ぼ……？」

調理係は首を傾げる。それはそうだ、リュカは胸の中で「カリーヌ無茶言うなよ！」と突っ込んだ。カリーヌはなおも首を傾げながらうろうろしている。

「そうだなぁ。パン種はパンを膨らませるんだから、つまり酵母ってわけで。それを精製したら酵母エキスになるのでは？」

「ええと、じゃあ小麦粉にパン種を入れてみる？　塩とこしょうを加えて、あと砂糖？　砂糖はないか……だったらはちみつ？　樹蜜かなぁ。どういう味わいになるかな」

ひとりでぶつぶつ言いながらカリーヌは厨房をうろうろしている。

「カリーヌさま、なにをお探しですか？」

「んー、唐揚げ粉みたいなものできないかなって。かりかりに揚がった美味しい唐揚げ食べたいな～」

「は、あ……」

調理係からするとカリーヌの謎の言葉は不気味だろう。カリーヌは怪訝な顔の調理係に気づいてもいないようだ。

「こしょうも入れたいよね、美味しい唐揚げになると思うよ」

「カリーヌさま、そんなに、樹蜜を！」

砂糖どころかはちみつ、樹蜜でも使いすぎると渋い顔をされる。胡椒《こしょう》をはじめとした香辛料は禁忌《きんき》の域だ。そもそも厨房に保存してある量が少ない。前世の歴史の教科書には時代によっては胡椒ひと粒が同じ重さの金と同等の価値があったと書いてあった。この世界でも同じなのだろう。

「ほら、なんかそれっぽいよ？　これで揚げてみよう！」

「おお……」

カリーヌがブレンドした唐揚げ粉（もどき）を嗅いでみた。

「唐揚げ粉っぽい……」

「でしょでしょ！」

「美味しそうな匂いだ」

「これで揚げてみようよ、ものは試し！」

二十一世紀日本で流通していた唐揚げ粉そのものではなくても唐揚げがぱりっと揚がればいいのだ。とはいえそのための鶏肉を確保するのはまた問題だ。

「鶏肉に近いのはイネッサかなぁ……鶏っぽくはないけど同じ鳥だし。ねぇ、使っていいイネッサの肉はある？」

「え？　イネッサですか？」

カリーヌに声をかけられた調理係は驚いた顔をした。

「イネッサなら、さっき肉屋が持ってきましたが」

「わぁ、ちょうどよかった。ね、使う部分を選《よ》ってもいいかな。ここは使っちゃだめとかある？」

「そうですね、このあたりなら使ってもいいですよ」

調理係が示したのは白い脂身が目立つ肉の塊の山だ。不要な部分らしく乱雑に切って積み重ねてある。

「わぁ、なんか鶏《とり》のもも肉っぽいね。使わないの？」

「今夜はお客さまがありますから。お客さまに脂身の多い肉はお出しできないですよ」

「どうして？」

「どうしてって……」

不思議がるカリーヌのほうが不思議だというように調理係は首を傾げる。

「じゃあもらっていっていいんだね。これ？　全部？」

「どうぞお待ちください……いったいなにに使うんです？」

脂身の多い部分のイネッサの肉をもらった。ふたりで厨房の隅でナイフを使う。

「確かに脂身多いと捌きにくいけど。なんでお客さまに出せないのかな」

「トロってあるだろう？」

「まぐろの？　なになにお寿司も作ってくれるの？」

「寿司は無理だな……そもそも魚がない」

「魚？　この世界には魚がいないの？　バジケテルは魚っぽいけど」

「魚っぽい体の構造だし魚に近いと思うんだけど、この世界でバジケテル以外に魚っぽい生きものを見たことないんだよな。ここらの近くには海も湖もないみたいだから。ここの人たちは魚を見たことがないから食べられるとも思ってないのかも」

「そっかあ、残念だね。で、トロがどうしたの？」

「日本では昔、江戸時代くらいまで。トロは捨てられてたんだよ」

「えっ、なんで？　あんなに美味しいのに」

「下品な部位だってされてたんだよ。そうだ、脂身が多いからだった」

「下品～!?」

心の底から理解できないという表情でカリーヌが叫んだ。

「下品だから身分の高い人たちは食べなくて捨てられてて、それを庶民が食べるようになったのが江戸時代くらい。庶民が食べてトロのほうが美味しいってだんだん格が上《うえ》ってことになったらしいよ」

話しながらふたりはイネッサの肉を捌いた。ナイフは二十一世紀日本の包丁のように刃が広くはないけれど先が尖っている。ざくりと刺して手を引けば比較的手際よく切れる。肉をひと口大に切りながら話は続く。

「脂身が多いのってなんで下品なのかな。脂身、美味しいよね。美味しいのだめなのかな、美食は腹の驕《おご》りとかそういうのかな」

「味が濃いから子供っぽいとか？」

「うーん、かもしれないな。身分の高い人の考えることはわからないな……」

「今じゃわたしたちが、その『身分の高い人』の側だけどね」

「そうかもしれない。それでも僕は脂身の多い鶏肉の唐揚げが好きだしトロも食べたい」

「あはは、わたしも食べたーい。トロも食べられたらいいね」

「本当に」

ひと口大に切った肉にカリーヌがブレンドした唐揚げ粉（もどき）をまぶす。

「わっ、なんかそれっぽい！」

「揚げ油は胡麻油《ごまあぶら》といきたいところだけど、これがオリーブオイルでも結構オツなんだよ」

「へぇぇ」

「ここではまだ唐揚げ作ったことないけど、前に固い野菜を食べやすくするのにオリーブオイルで揚げたんだ」

「そうなんだ。セリアねえちゃの？」

「まぁ、そうだな。よくわかったな」

「うふふ、セリアねえちゃは野菜が苦手だからね～」

ノエルとセリアは今はこの家に住んでいない。兄妹の母がふたりと暮らせる余裕ができたときは帰るのだ。今は馬車を飛ばしても七日ほどかかる距離の地域にふたりの母（リュカたちの父ルイゾンの姉だ）とともに暮らしているのだ。今はノエルは十三歳、セリアも七歳だからもう「野菜が嫌い」などという子供っぽいことは言わない、かもしれない。

　リュカとカリーヌは前世でも一緒に台所に立っていた。カリーヌはあくまでも助手だ。てきぱき動く優秀な助手だったけれどリュカの指示以上のことをしようとはしなかった。料理の主導権を握るのは苦手なのだと思っていたけれど唐揚げ粉の出来を見る限りそうではないのかもしれない。

「ほら、できた！」

　いい匂いが厨房に充満する。リュカの腹がぐうぐう鳴った。カリーヌの腹も同様だ。油を切って皿に並べて厨房の隅の小さな食卓に並べる。思わずがっついてしまう。ふたりは揃って「あちちち！」と声をあげた。

「なんですか、このいい匂い」

「すっごくお腹すく……なんなんだこの、魅惑の匂い」

　調理係たちが入ってくる。夕餉の支度の時間だ。彼らは顔を輝かせて近づいてきた。

「また美味しいものを作ったんですね」

「これ……かなり濃い油の匂いがしますね。でも全然くさくない。むしろなんだか気分が高揚《こうよう》するような」

「……テンションあがるってやつかな」

「やっぱり唐揚げはみんなのテンションあげるんだよ」

　胸を張ってカリーヌが言った。調理係たちがわらわら集まってくる。唐揚げは全員に渡るほどはない。

「こっちおいで」

カリーヌがおいでおいでと手を振った。下働きの少女が驚いた顔をしている。年のころは五、六歳だろうか。痩せていて元気がない。それでも大きな緑の目はきらきらと輝いているのだ。

「どうぞ。食べてみて？」

「いい、のですか……？」

おどおどと少女はまわりを見まわした。ほかの調理係の目を恐れているのだ。こんな小さな子供が厨房にいる理由、これほどに痩せている理由、唐揚げを食べたいはずなのにやたらにまわりを気にする理由。それに気づいてリュカは暗澹《あんたん》たる気持ちになった。

「ほら、お口開けて」

カリーヌはためらいなく唐揚げをひとつフォークに刺して少女の口に押しつけた。慌てながらも少女はもぐもぐと咀嚼する。

「美味しい……！」

「うふふ、でしょ？　わたしも美味しいと思う！」

「リュカさまが作ったの？」

少女はちらりとリュカを見た。返事をしようとするとカリーヌが声をあげた。

「わたし！　わたしが作ったの！」

「おい、カリーヌ！」

リュカは突っ込んだ。カリーヌは手を挙げて主張している。あまりにも堂々としていてリュカも「そうだったかな？」とまごまごしてしまう。「ほぉ」「さすがカリーヌさま」「リュカさまの教えがいいのだろうな」とまわりの声がリュカを褒める方向になってリュカは「まぁいいか」という気持ちになった。

「オリーブオイルを使ったのですか？」

「そうよ、さくさく美味しくできたね」

「美味しいです！　もうないのですか？」

「次はもっとたくさん作るね」

調理係たちとにこやかに話しているカリーヌだ。そんな妹の姿にリュカは物申したい。

「唐揚げを作ったのは、僕だっ！」

三日後、カリーヌが「唐揚げ食べたらラーメンも食べたくなった」と言い出したので作ることになった。

「醤油ラーメンがいい。焼き豚とメンマと煮卵がほしい」

「わがままかおまえは……」

文句を言いながらも厨房の探検をするリュカだ。かつて食べていたものを再現する代用品に知恵を絞るのは大変だけれどとても楽しい。

麺はよく食卓にのぼるパスタを使う。強力粉と重曹で作るリュカの求めるラーメンの麺と、強力粉は同じでも卵とオリーブオイルで作るこちらの世界の麺は似ているようで違う。オリーブオイルの唐揚げと同様に変わった味わいはまた美味しいに違いない。

「問題はスープだなぁ」

リュカは厨房の中を見まわす。カリーヌはあれはどうだこれはどうだとあちこちを指すけれど、楽天的なその意見はどれも役に立つとは思えない。

「お醤油がほしい……」

「ほしいよなぁ」

醤油の風味だけはドノンの実を炒ることで近いものを作れたけれど、本物の醤油にはほど遠い。

「麹菌《こうじきん》なんか、さすがにアイデアでどうにもならないからなぁ」

「あ、これなんかどうかな、色が似てる」

「代わりになるわけないだろ……それは酢じゃないか」

呆れた口調でリュカが言うと、カリーヌは白い歯を見せてにやりと笑った。

「真面目に考えろよ」

「考えてるよぉ。早くラーメン食べたい」

「うん、僕も食べたい……ラーメンの口になった。もとに戻らない」

自分の舌にもカリーヌの期待にも応えたい。鶏がらスープはイネッサの骨を使ってみた。煮込むと鶏がらスープに近い味わいだった。さらに近づけるための問題は醤油を使った和風だしをいかに再現するかだ。

「和風だし……はなにからできたっけ？」

「昆布とか煮干しとかしいたけとか鰹節《かつおぶし》とかから取るなぁ」

「この世界にはどれもないねぇ」

のほほんとカリーヌが言う。「おまえがラーメン食べたいって言ったんだろう！」との突っ込みをこらえつつリュカは厨房をごそごそとした。

「これ、しいたけの代わりになるかなぁ？」

「きのこ、だよなぁ。きのこっていろいろあるけど、ここではあんまり厳密に分類されてないから……グアニル酸は含まれてるのかなぁ」

「グアニル酸？　こないだ聞いたなぁ、旨味成分だったっけ？」

「そう、この世界のきのこ、いろいろはあるけどグアニル酸はどんなきのこにも入ってるんじゃないから……そうだな、これはタンパク質分解酵素は豊富みたいだけど、グアニル酸は今ひとつみたいなんだよな」

「そっかあ、昆布に入ってる旨味成分は？」

「グルタミン酸」

「煮干しとか鰹節は？」

「イノシン酸だなぁ……動物性の出汁《だし》はイノシン酸が含まれてたと思う。昆布の旨味はグルタミン酸とアスパラギン酸だったかな」

「昆布の旨味がいいんだね。昆布かぁ……そういえば見たことない」

「海藻《かいそう》も魚もないな。ここらへんには海がないんだよな」

「そうだった……トロ、じゃなかったマグロも食べられないんだよね。そうかお刺身……どころか魚料理なしか……そうか」

「本当におまえ、食べることしか考えてないな」

「食べないと生きていけないもん」

「そういう意味ではない」

カリーヌは膨《ふく》れっ面《つら》を見せる。リュカは笑ってしまう。

「湖や海がないってことはないと思う。でもここからすぐに行けるようなところにはない。車も電車もないからな。僕たちみたいな子供たちだけで移動できるわけがないし。ここでは魚料理も見たことない」

「そっかぁ……」

カリーヌは意気消沈してしまった。それを見ると「あにちゃが頑張ってやろう！」という気持ちになる。不思議だ。リュカのやる気と努力だけではどうにもならないことがたくさんあるけれど。

「そもそもこの土地の水は硬水だし、いい出汁が取れるとは思えないんだよな」

「硬水？」

「カルシウムイオンとマグネシウムイオンが多かったんじゃなかったかな？　今までも出汁とか試してみたけどうまくいかなかったんだよな」

「そうか……そういえば日本の水で紅茶淹れても、ヨーロッパで飲むみたいに美味しく淹れられなかったな」

「水が違うんだよ。軟水じゃないと旨味成分もうまく出せない」

「そっかぁ……」

心の底から残念そうだ。カリーヌは厨房をうろうろする。調味料の戸棚を見ながら「むむむ」と悩む。リュカの後ろでカリーヌは落ち着かない。

「醤油かぁ……大豆と小麦、塩……？　確か種麹《たねこうじ》を加えて繁殖させる……」

懸命に記憶を蘇らせる。頭がくらくらしてきた。前世での記憶は歳を重ねるほどにはっきりしてくる。成分などの具体的な名前も今では比較的はっきりと思い出せる。

「麹菌なんか作れるわけないし。いやもしかしてパン種と同じような感じなのかな？」

　イネッサの骨を茹でる。ぶつ切りにしたもろもろの野菜を入れる。あくを掬う。味を見ながら香辛料を少しずつ加えて整える。

「これは、なかなか？」

「うん、これは美味しい……中華そばって感じだね。こってりめ」

　味見をしたカリーヌは大きく頷いた。この世界の麺は思いのほかスープと絡んだ。焼豚やメンマはそのものはない。代用品にリュカはまた頭を捻る。

「焼豚……豚肉はイーヴォの肉が似てると思うんだ。イーヴォって豚っぽいし。イーヴォの肉を薄く切って軽く焦げ目がつくまで焼いたりとかしたらいけるんじゃない？」

「薄切りって簡単に言うなぁ」

「イーヴォの肉は固いし、切るのもよく切れる包丁とかないし……ナイフ使うの難しいよね」

「わかってるなら手伝えよ」

「もちろんだよ。ええと、しなちくってなんでできてるっけ」

「たけのこだな。本当は麻竹《あさちく》っていう竹の一種で作るんだけどあんまり手に入らないから家庭で作るときはたけのこかな」

「ここじゃたけのこだって手に入らないよ」

「それはそうなんだよな……」

「これ、この野菜、なんかたけのこに形が似てる」

「サルシフィか？　似てるっちゃ似てるけど、似てるだけだよ。味とか食感とか」

「いいじゃないあるってだけで雰囲気違うんだから。ええと、茹でたらいいのかな炒《いた》めたらいいのかな」

「たけのこは茹でるんだ、米ぬかで茹でてあくを抜く」

「うーん、サルシフィは苦みとかえぐみとか特にないよね。そもそもたけのこそのものじゃないし」

「代用しようって言い出したのはおまえじゃないか」

「それっぽかったらいいんだよ、茹でて油で炒めて……胡麻油だといいんだっけ、オリーブオイルならそれっぽくなるかな、唐揚げも美味しかったしね」

「茹でたらラーメンのスープを絡めて炒めよう。こしょうを加えたら風味が出るよ」

味と色をつけてそれっぽくしたしなちくもどきを載せる。ねぎの代わりには香りが薄めの緑のハーブを載せた。

「……ラーメンだ……」

「だろう？」

「見かけは、ラーメンだ」

　カリーヌの感嘆にリュカは眉根を寄せる。箸の代わりに細い木の棒を二本揃えた。この世界で箸を使うことはないけれどカリーヌは器用に箸を使う。刻まれた記憶は消えないということだろうか。

「美味しい！」

「そうかそうか」

「スープ、中華そばって感じ」

「スープはそこそこうまくできたかな。うーん、でも……麺が、麺が違う！」

「ラーメンの麺なんか作れないんだから仕方ないじゃない」

「でも、これは違うんだ。ラーメンの麺は、やっぱり違う……かんすいがないとこんなに違う印象になるのか」

　リュカはがっくりと肩を落とす。

「かんすいは、ええと、なんだったっけ？　ラーメンの麺に入ってる……薬品？」

「薬品といえばそうだけど。カリウムとナトリウムの炭酸塩と、リン酸塩が原料になってるな。それを強力粉と薄力粉と、卵と塩と合わせて捏《こ》ねる……うーん、この世界のなにを代用すれば近いものができるのかわからない！」

「へぇぇ……」

　カリーヌはしきりに感嘆しながらラーメンもどきを食べている。

「わたしは、これはこれで美味しいと思うけど」

「僕が納得できない！」

「おや、美味しそうな匂いがします」

現れたのは調理係たちだ。見慣れない料理に皆が興味を示すのはわかっていたから、できるかぎり数を揃えたのだ。リュカは「どうぞ」と台に並べたラーメンもどきを指した。

「なんだ、これ？」

「麺？　だけど……このスープは？」

「なんだか……独特……」

リュカの料理に好奇の目が向けられるのはいつものことだけれど、今回は少しばかり様子が違う。リュカは不安になった。

「スープが黒い……」

「焦げたみたいな匂いがする」

「油が浮いてる……？　大丈夫なのか？」

辛辣な感想にリュカは顔を歪めた。カリーヌが「美味しい美味しい」と言いながら麺を啜っているのを見てどうでもよくなった。冷評を述べながらも食べ始めた調理係たちはてんでに声をあげる。

「知らない味だ」

「不思議な味……すっごく癖になるな」

（ああ、そうか）

　下働きの少年たちの呟きにリュカは思わず大きく頷いた。

（旨味って確か、二十一世紀になるまで科学的には証明されてなかったもんな。それくらい微妙で複雑なんだってやっぱり本当なんだな）

　自分の作った料理が人々を驚かせ喜ばせている目の前の光景は驚きだ。リュカは心の中で青写真を描いた。

（唐揚げとかラーメンとか、ほかにもっと。ゴリアンテの肉とかバジケテルの蒸干しだけじゃなくて、ほかにも僕のオリジナルの料理とか。こんなふうに喜んでもらえたら。もっともっとみんなが喜ぶ顔を見たい）

「あにちゃ？」

「ん？　どうした、カリーヌ」

　カリーヌが声をかけてきた。夢に胸を膨らませていたリュカは、はっとそちらを見る。

「今度は、和風おろしハンバーグがいいな！」

「そうか……」

　思わず大きく息をついてしまった。カリーヌにはその理由がわかっただろうか。

　リュカたちの父のルイゾン、母のポレット。ふたりが泥舟街の住人であるセヴランとともに商売を始めて三年ほどが経つ。

「こんにちは」

「あっ、モーリスさん。サビーナさんも！」

「いらっしゃい！」

　その日、両親は出かけていた。広い領地を治めるベルティエ伯爵家の主《あるじ》と女主《おんなあるじ》であるリュカたちの両親が家を空けるのはいつものことだ。

「今日もポレットは留守なの？」

「うん、父さまも母さまも忙しいんだ」

「そうなの……」

　どこか不満そうに顔を歪めるのはサビーナだ。リュカはカリーヌと顔を見合わせた。

「そういやな顔をするものではないよ、サビーナ」

「そうは言いますけどね、モーリス」

　遠慮なくつけつけとサビーナは言った。モーリスは肩をすくめている。

「仮にも身分ある家の主と奥方が商売なんて……今日こそポレットを説得しようと思って来たのに」

「説得って、やめろって？」

「あたりまえです」

つんとサビーナが言った。取りつく島もない調子にリュカはカリーヌを見、モーリスを見た。モーリスは困ったように肩をすくめる。なおもつんとしたままのサビーナの横顔を見る。そんなサビーナにモーリスが言った。

「どうですか、サビーナ。湖を見に行きましょうよ」

「湖？　今からですか」

「はい、今は一番水がきれいな時期だから。ねぇリュカさん、カリーヌさんも行きましょう」

「湖があるの？　行きたい！」

「ねぇ、サビーナさんも行こう！」

リュカとカリーヌがてんでに騒ぎ立てると渋い顔をしていたサビーナも「そうですね……まぁ、モーリスさまがおっしゃるならよろしいかと」と言った。苦々しい顔はそのままだけれど少しばかり好奇心の光が射したのをリュカは見た。

「では案内しましょう、サビーナ。美しい湖なのですよ。今の季節は本当に素晴らしい」

「そうなのですか？　湖……ねぇ」

サビーナは小さな声で呟いた。聞こえていないと思っているのかもしれないけれどリュカにはしっかり聞こえた。カリーヌを見るとにやっと笑ってきたのでカリーヌにも聞こえているのだろう。

モーリスがにこやかに歩き始める。物慣れた足取りのモーリスにサビーナは戸惑った調子でついていく。リュカたちもあとをついていく。モーリスの馬車に乗ってしばらく揺られた。とても眩しい場所に出た。

「わぁ、すっごい明るい！」

「ちょうどいい時間帯だったね～！」

リュカたちは歓声をあげた。大きな湖は透き通ってきらきら光っている。ゆらゆらと波打ってできる波紋にリュカは見とれた。きれいなものは目に楽しい。いつまでも見ていられる。モーリスが感心した声をあげている。サビーナも控えめに嘆息している。いやいやついてきたサビーナが顔を輝かせていることにリュカは嬉しくなった。

「あっ、なに獲ってるのかな」

「そうだな、投網《とあみ》っぽい」

湖の向こう岸に三人の男性がいる。白い網を投げている。見たことのある光景だ。リュカはじっと見つめた。

（漁《りょう》かな？）

投網漁という漁の方法を聞いたことがある。網を投げてごっそりと魚を獲るのだ。効率

のいい方法だけれど魚同士が擦れ合って表面が傷むので高級魚には向かない漁の方法だと
も。この地方には魚を食べる習慣はないと思っていたけれどこの湖では魚が獲れるのだろうか。

（ここでは食べるのかな？　そんなに離れてないけど食文化ってそんなに変わるのかな。冷蔵庫ないし日持ちもしないから遠くには運ばないで周辺の人たちだけで消費するってやつかな）

「あぁっ！」

投網であろう光景を見ていたリュカは大声をあげる。勢いよく駆け寄った。

「えっ、ええっ？」

「だめぇぇぇぇ！　それはだめぇぇぇぇ！」

モーリスもカリーヌも投網の男性たちも驚いている。リュカは慌ててそちらに駆けた。

「だめぇぇぇえっもったいない！」

「なにがもったいないんだ？」

「その、貝！　貝！」

「貝？」

「そう、貝！　捨てちゃうのもったいない！」

「これは湖の底に貼りついて水草を絶やす厄介《やっかい》ものだ」

なんだ、というように漁師が顔を歪《ゆが》めた。

「こんな悪魔みたいな姿の貝、捨てる以外にどうするんだ」

「悪魔！　ひどい！　どうして！　その貝の身そのものを食べようとは思わないんだ⁉」

「えええ……こんな貝を？」

「食べるなんて、正気じゃないぞ」

貝は漁師たちには本当にただ気味の悪い生きものでしかないらしい。あからさまに訝しそうな男性たちを尻目にリュカは貝を手にした。貝の口は意外とあっさり開いた。

「なんか牡蠣《かき》っぽい……」

「うわっ、気味悪い！」

漁師たちが声をあげる。確かに不気味と言われても仕方がないだろう、でも。

「見た目が不気味でも！　身は美味しいかもしれないじゃないか！　たぶん美味しい！　きっと美味しい！　捨てるとか！　もったいない！」

「どうしてそんなに勢いなんだ……」

「もったいなさ過ぎるからだ！」

若干引き気味の男性たちを前にリュカは治まらなかった。なにしろリュカはこんにゃくを生み出した民族の末裔《まつえい》だったのだ。そのまま食べれば死ぬだけでなく触っただけで手が荒れるレベルの毒の芋でも茹でておろして石灰水を混ぜて成形してあく抜きをして、という凄まじい手間をかけてでも食べようとした民族だ。見た目は恐ろしくても身がたくさん詰まってそうな貝が廃棄されるのをみすみす見逃すなどできるはずがない。

「これ、もらってもいい？」

「いいけど……どうするんだ、こんなの」

「料理するんだよ」

「ええええ？」

男性たちは驚愕して目を見合わせている。そこへモーリスとカリーヌがやってきた。サビーナは湖に来たときほど渋い顔ではないけれどリュカの手もとを見ている表情はいかにも訝しげだ。漁師は思いきりしかめ面をしている。

「もしかして……これを食べようとかいうつもりか？」

「そのもしかしてだよ」

少しばかりぷんすかしながらリュカが言う。その背後からカリーヌが覗き込んできた。

「わぁい、なんだか牡蠣っぽいし、卵とじとかオイル漬けとかいいね！　ねぇどうかな？」

「突然の牡蠣料理のバリエーション」

「だって牡蠣美味しいから！　これも同じ感じの味だといいなぁ。あ、ちゃんと火は通そうね」

饒舌《じょうぜつ》なカリーヌにリュカは呆れた。カリーヌはにっと笑った。捨てられかけていた貝はベルティエ伯爵家の厨房に運び込まれた。厨房の者たちは揃って驚愕している。リュカとカリーヌはせっせと貝を開いて中身を取り出した。調理台には牡蠣に似た貝がずらりと並ぶ。

「やっぱり牡蠣っぽいねぇ。壮観壮観」

「この貝、バジケテルの身と合わせたらよくない？　貝と魚と、ええとほかになにを一緒に料理したら美味しいかな？」

カリーヌはうきうきしている。前世では貝料理がそこまで好きだっただろうか。

「この貝、牡蠣に似てるけどすごく大きいね」

「そうだな……あっ、この干物。これも食べるんだな」

「あの湖で採れる海藻の干物だって。海じゃないから水草？　水草っていうとあんまり美味しそうじゃないね」

「なんか昆布みたいだな。出汁が取れたりしないかな」

「グルタミン酸とアスパラギン酸だったっけ？　魚と貝と、昆布ってすっごく和食っぽいね」

カリーヌはにこにことそう言う。楽しそうな妹を見ていると俄然張り切ってしまうリュカだ。

「リュカさま、これでよろしいのでしょうか？」

「すみません、こっち！　リュカさま、ここはいかがしましょうか」

リュカはまごつく。それでも可能な限りのアイデアを出した。たくさんの貝の身の両面に薄く塩を振りかける。身が厚い部分には多めに薄い部分には少なめに振った。軽く揉む。

「塩味つけるの？」

「うーん、なんかぬるぬるしてるし塩もみ？　霜降《しもふ》りもしたほうがいいかな」

「しもふり？」

「うん、湯引きとも言う。牡蠣っぽいけど牡蠣じゃないから。臭みとか汚れとか取り除きたいと思って」

「そんなに匂わないと思うけど？」

「火を通したら気になるかもだからね、手は加えておいた方がいいかなって」

塩を振った身を木のボウルに入れる。少し冷ました熱湯を注ぎ入れた。さっとかき混ぜて身の全体が白くなったところで水をかけて冷ます。

「わっ、ちょっとここ、なにかくっついてる」

「ここ、こうやって擦ったらいいよ」

水の中の身を指で擦る。ついていたものはするすると取れた。軽く洗って軽く水気を拭き取る。

「焼くための鍋はどうしようかな」

「これどう？　あっちではこういうの使ってたよね」

「似たようなのあるんだな、よく見つけたな」

「えへへ」

得意げなカリーヌは浅い鍋を持っている。同じような鍋を持っているまわりの調理係たちと一緒にあちこち熾っている火にかけた。霜降り処理をした貝の身と白ワインと水、ドノンの実を炒って作った醤油もどきを少々入れる。水分がぶくぶく音を立て始めたら火の勢いを緩めて蓋をする。

「ガスコンロがどんなに便利道具だったか……しみじみ実感するな」

「本当に。スイッチひとつで火をつけたり消したりできるとか魔法だよねぇ」

「充分に発達した科学技術は魔法と見わけがつかないってこういうことかな」

「なにそれ？」

「クラークの三法則のひとつ。クラークってのはイギリスのＳＦ作家。ハインラインとかアシモフとかと並び称されてる」

「へぇ」

鍋の中がまたぶくぶくいい始める。前世同様ＳＦ小説には興味がないカリーヌはくんくん鼻を鳴らした。

「わぁ、いい匂い」

「匂いも牡蠣っぽいな。うわぁ、すごく美味しそう！」

「気をつけて取りわけて？　身が崩れやすいかも……ほら、言わんこっちゃない」

「いいんだよ味は変わらないから」

カリーヌは大胆にへらを使って貝の身を皿に移した。調理係たちが鮮やかな色の野菜を添えてくれる。厨房の隅のテーブルではにわかに大勢をもてなせるほどの試食会が催されることになった。そこに「なんの騒ぎですか」とサビーナが現れた。厨房に顔を出すなどあり得ない人物の登場に厨房はざわついた。続いてモーリスもやってくる。

「さすが『料理上手のベルティエ兄妹』、とても美味しそうですね」

モーリスがくんくんと鼻を鳴らしながら感心している。カリーヌはしげしげと浅鍋の中を覗き込んでいる。サビーナは訝しむ表情ながらも目の輝きが隠せていない。いつもリュカたちが使用人（特に厨房の）と仲よくするのを「身分にふさわしくない」と目尻をつりあげるサビーナだけれど今は違う。好奇心に目が輝いている。

「酒蒸しっていうか酒焼きって感じ？」

「美味しければなんでもいいんだよ」

厨房には「どうしたの？」「なにかいい匂いがする」とぞろぞろと人が集まってきた。屋敷中の者たちすべてが集まったのではないかと思うほどの人数にリュカは怯んだ。オーブリーが中心になって料理を皆に振る舞ってくれる。

「な、なんか……すごくいっぱい、いる」

「わぁ、みんな美味しいって！　ねぇみんなに喜んでもらえると嬉しいねぇ」

「カリーヌ、余裕だな……」

呑気に喜んでいるカリーヌのように泰然自若とはいかないけれど、それでも皆が「美味い！」と顔を輝かせているのを見るのは悪くない、どころか今までにない感覚が胸の中に生まれている。モーリスが目を丸くしている。リュカたちの料理に舌鼓を打つのはいつものことだけれど今日は特に目が輝いている。

「これはなかなかしっとりとした味ですね」

「あはは、表現力豊かだね！」

「こんな味、経験がありません」

「そうだろうね」

「だって、あの……『悪魔の生きもの』がこんなに美味しいなんて」

「あ、そっち？」

今まで嫌われものだった生きものがにわかに人気者になった。それがあの貝にとっていいことかどうかはわからないけれど（人間に食べられてしまうのはいいことなのかという意味で）少なくとも悪魔と呼ばれて嫌われて捨てられるよりはましなのではないだろうか。

たくさんの皿がからになった。何度も褒めてくれるモーリスの後ろ、サビーナが複雑な顔をしている。

「ねぇ、サビーナさん。美味しかった？」

「わわ、カリーヌ……」

怖いもの知らずのカリーヌがサビーナの顔を覗き込む。サビーナはこれ以上ない苦い顔をしている。その渋さの種類が違うように感じられた。気のせいだろうか？　今までリュカたちが厨房に立つことへのを苦々しさを隠しもしなかったサビーナだ。

「美味しかった？　サビーナさんの口に合ったら嬉しいな！」

「え、ええ……」

「美味しいよね、この貝すっごく濃い味だよね。白ワインで蒸す？　焼く？　って感じにしたけどどうかな。ドノンの実の香ばしさもいい感じにできたと思うんだ。サビーナさんはこういう味、好き？」

「カ、カリーヌ……」

気難しいサビーナの反応は予想できない。カリーヌはものともせずにサビーナに話しかける。サビーナが少し笑った。

（サビーナさんが笑った！）

驚愕である。カリーヌはそんなサビーナの百倍くらいの笑顔を見せた。

「ええ、そうね。この味は好き。とても美味しいわ」

「よかった！　サビーナさんに喜んでもらえるように、もっと美味しくする方法を研究するね」

「そうね、あなたたちならできると思うわ」

サビーナは微笑んで言った。

（サビーナさんってこんなふうに笑うんだ！）

ややぎこちない笑顔のサビーナがリュカにも讃辞を送り、褒められてリュカは気もそぞろになった。

「リュカさま、カリーヌさま。珍しいものを……思いもしない美味しいものをありがとうございました」

「みんなが喜んでくれたら嬉しいからね」

「なんでおまえがそんな顔してるんだよ」

気を取り直したリュカの突っ込みにもカリーヌは涼しい顔だ。胸を張っている。カリーヌだけではなくリュカにも讃辞が向けられる。たくさんの人たちに喜んでもらえて圧倒されながらもリュカの心は高揚した。

「リュカさま、お願いがあるのですが」

「ん、なに？」

「この『悪魔の生きもの』に新しい名前をつけてくれませんか」

「えっ、名前？」

「ええ、こんなに美味しいものを『悪魔の生きもの』と呼び続けるわけにはいかないでしょう。ぜひ馴染みやすい名前をつけてください！」

「えええええ？」

突然頼まれたことにリュカは目を白黒させた。

「お願いします、リュカさま」

「えええ、そんなこと急に言われても……」

助けを求めてまわりを見まわす。カリーヌもモーリスも面白そうにしているばかりだ。サビーナは期待する顔をしている。

「名前……名前、かぁ……」

きれいになった皿の上にはあの貝のかけらも残っていない。確かに身は見た目は気味悪いかもしれないけれど『悪魔の生きもの』と言われるほどひどくもなかったはずだ。リュカは牡蠣もどきに同情した。

「リュカさんの名前を残しませんか、なんとかリュカとか、リュカなんとか、とか」

「僕の……名前？」

そんな自己顕示欲《じこけんじよく》丸出しのネーミングでいいのだろうか。リュカは呻いた。少し考えて言った。

「リユカ……リユカカ、とか?」

「だっさ」

「うるさいな!」

一蹴したカリーヌを睨みつける。まわりの者たちは「いい名前だな?」「悪魔の生きものなんて呼ぶよりいいな、こんなに美味いんだから」「リユカカってなんだかかわいい」と盛りあがっている。

「思ってたけどさ……この世界の人、なんかいまいちセンスないよね」

「いや、それはな……どうかな」

リユカは首を捻ってしまう。

「いや、この世界をディスるつもりとかないからな!?」

「あははっ、そんなこと思ってないよ」

カリーヌが声をあげて笑った。まわりの者たちが驚いた顔をしている。


その日の厨房で、リユカは乳母のマノンに声をかけられた。リユカは振り向く。野菜をじゃぶじゃぶと洗っていたカリーヌも同様だ。

「どうしたの?」

「お客さまです」

リュカはカリーヌと視線を合わせて首を傾げる。マノンはリュカたちを裏門に案内した。

リュカは喜ぶ声をあげる。

「エクトル！　ジョスも、マルクも」

「……やぁ」

エクトルはいつもながらに静かな口調で言った。十二歳のリュカよりも少し年上（物心ついたときには貧民街の住人だったエクトルのはっきりした年齢はわからないらしい）のエクトルは顔つき以上に大人びている。そんなエクトルはいつも以上に真剣な眼差しで、リュカはそれが気になった。弾ける声をあげたのはジョスだ。

「カリーヌ、元気？」

「うん、元気！　ジョスも元気そうだね」

女の子ふたりは手を取り合ってはしゃいでいる。その脇でマルクがにやにやしている。

「カリーヌ、大きくなったねぇ」

「……マルクとあんまり変わらないけど？」

「だってカリーヌ、こないだまで生まれたばっかりの赤ちゃんだからさ」

にやにやしながらマルクが言う。カリーヌはマルクを睨みつけた。

「赤ちゃんじゃないし」

「赤ちゃんほどそう言うんだよな」

マルクはまだにやにやしている。

「どうしたの？　わざわざ来るなんて珍しいね」

「うん、セヴランが、な。セヴランと、いつの間にかペラジーもいなくなってて」

「セヴランさん？　ペラジーさんもどうしたの？」

「えっと、ペラジーさん？　そうだバジケテル獲りのときお世話になった女の人だね」

「そうなんだ。ペラジーもねぐらはそのままでいなくなってて」

首を傾げるリュカを前にマルクが厳しい顔をしている。マルクはちらりとエクトルを見る。エクトルはいつになく渋い顔をしていた。

「セヴランたちが消えた。いなくなったんだ」

「どういうこと……？」

「わからない。誰もセヴランとペラジーの行方を知らない。悪いやつらに誘拐されたのかもしれない。ヤバそうなやつらがセヴランたちのねぐらのまわりをうろうろしてたって話もある。荷物やなんやはそのままだから自分の意志でいなくなったわけではないだろう」

「ってことは……誘拐、とか？」

「あり得る。あそこの治安がいいわけがないからな」

嫌な予感に背中が震えた。カリーヌと顔を見合わせた。いつもは余裕のカリーヌが不安そうな顔をしている。リュカの不安はますます煽られた。ふとリュカが振り返るとマノンが少し離れたところからこちらを見ている。エクトルたちの訪問を告げてきただけにしては表情がおかしい。脅えているようだ。

「マノン？　どうかした？」

「いえ……なにも」

「そう？」

リュカは首を傾げる。エクトルがセヴランの行方について心当たりを尋ねてきた。リュカの思考はすぐにそちらに向けられた。

第六章　窮　地

「あれ？」

　リュカは首を傾げた。

「はちみつ、もうなかったっけ？」

「ああ、そうなんですよ」

　オーブリーが渋い顔をする。まわりの厨房の調理係たちも同じような顔だ。リュカはますます首を傾げた。

「はちみつどころか樹蜜もなくない？　砂糖なんかしばらく見てないし。最近なんか食材足りないこと多くない？」

「そうなのです。厨房への予算が削減されるようになって……」

「削減？」

　穏やかならない言葉にリュカは思わず声をあげた。

「なんか……あれ？　厨房の人たちも数が減ってない？」

「お暇を出されたもので」

オーブリーが渋い顔のまま言った。リュカが本格的な『危機』を実感したのは両親の不在が頻繁になったこと、そしてノエルとセリアが大きなトランクに荷物を詰めているのを見かけたときだ。

「ノエル、セリア。どこか行くの？」

「うん、うちに戻ることになった」

「えっ、伯母さんのところ？　ノエルとセリアのお母さまのところ？」

「そう」

「なんで急に？」

「なんか……叔父さんたちが俺たちの面倒見られなくなったって。だからお母さまのところに帰るんだ」

「またお母さまと一緒に暮らせるの、嬉しいんだ」

セリアが明るい表情でそう言うのでリュカは「よかったね」としか言えなかった。心情的にはそうだろう、しかし経済的には大丈夫なのか。ノエルたちの母は、夫（ノエルたちの父だ）に死なれて経済的に苦しく、だからノエルたちはこの家で暮らしているのだ。ノエルたちが帰っても大丈夫なのだろうか。

（でもきっと、心配するべきはそこじゃないよね？）

カリーヌを見る。妹も同じことを思っているようだ。長旅に耐えられる頑丈な馬車に乗るノエルたちを見送ってからリュカはカリーヌにその話をした。

「なにがあったのかな？」

「うーん……前世の知識的に言えば、事業の失敗、的な？」

「穏やかじゃない」

「ベルティエ家は伯爵の位の、貴族だから。領地内の荘園の地代貢納が収入だろう。それがうまくいかなくなったとか」

「でも爵位剥奪《はくだつ》とかされたわけじゃないよね？　だったらこんなもんじゃ済まないだろうし。ここは身分制度の世界でしょ？　身分は失ってないのに領地の地代が入ってこない？　そんなことある？　具体的にはどういうことなの？」

「それはわからないけれど……父さまや母さまに訊いて答えてくれるかな」

「そもそも父さまも母さまも最近あまり家にいないし、とても忙しそうだし……」

カリーヌは不安に顔を曇らせた。いつも淡々と落ち着いているカリーヌがそのような顔をするのは珍しい。リュカはますます不安になった。

それでも家庭教師は来る。この世界でちゃんとした教育を受けるには家庭教師しかない。家庭教師の大半は食い詰めた貴族で、修めた学問を生かして生計を立てているのだ。

「確かそういう家庭教師って、ガヴァネスっていうんじゃなかったっけ」

「なにそれ？」

「十八世紀のイギリスとかで、貴族の子供に勉強を教えてた……まぁ家庭教師だな。没落貴族の女性が多かったらしい。当時の女性が就ける仕事は少なかったから」

「バルナベも没落貴族なの？」

「いや……知らないけど。バルナベは男性だし違うんじゃない？」

「そんなこと訊けないしねぇ」

義務教育などない世界だ、勉強を許されるのは一部の特権階級だけだ。リュカたちの両親は子供たちの教育は惜しまなかった。万が一自分たちが子供たちを守れなくなっても学問を、手に職を、そのつもりで今も教育だけは欠かさないのかもしれない。同時に両親はなんだかつぶしが効くようにしているように感じられてリュカは少し震えた。

家庭教師のバルナベがやってきた。今日の授業は読み書きだけではなかった。領地の荘園のことに及んだ。

「荘園からの地代の貢納が、身分ある家の主たる収入源です。荘園の農奴たちが地代を納めるわけですが、領地の最北端ですね、サニエ地方にもやっと三圃式《さんぽしき》農法が浸透したことで今年はより確実に地代の徴収が望めるとのことです」

「……へ？」

聞き慣れない言葉がたくさん出てきてリュカはぽかんとした。そんなリュカを前にバルナベはこほんと咳払いした。

「こういう、領地や荘園のことを理解してもいいころだとご両親がおっしゃられて。領地のことや荘園の仕組みなんかのご教授もするようにとのことです」

「うえええ……」

正直、楽しい授業ではない。しかし今までになく両親がこういうことの勉強を勧めてくるのはやはり、ベルティィエ伯爵家の領地内の荘園や地代に関するトラブルが起こっているのかもしれない。そう思うと少しばかり背筋がぞくりとした。

「ベルティィエ伯爵家の領地である荘園はタルデューからサニエ地方まで広がっています。特にサニエ地方はね、革新的なことが忌まれてなかなか新しい三圃式農法を受け入れてくれなくてご両親はお困りでした。そうでなくてもサニエ地方は飢饉《ききん》の多い地方だというのに」

「タルデューからサニエ……えええええ？」

今までバルナベに学んだレニエ王国の国土を思い出し、その中のタルデューからサニエ地方といえば、とリュカは懸命に記憶を辿った。そして理解したベルティィエ伯爵家の領地である荘園の思わぬ広大さに思わず大声で叫んだ。

「広っ！　うちの領地ってそんなに広かったの？」

「そういう知識も併せてご両親はリュカさまとカリーヌさまにしっかり理解していただき

たいとお考えなのでしょう」

「そういう……？」

リュカは呻く。やはりベルティエ伯爵家の領地になにかがあったのだろう。バルナベはその点は詳しく聞かされていないようだけれど察するところはあるらしい。授業のあとリュカはカリーヌに授業の内容の話をした。

「なにがあったのか、父さまと母さまに詳しく聞きたい」

「僕たちにもなにか影響があるかもしれないのにな」

「うん……」

しょぼしょぼと食堂に向かう。昼餉は米料理だ。かつての世界ふうに言えばピラフだろうか。米粒は細長くてインディカ米に似ているけれど米自体の水分が少ないのかかなりぱさぱさしている。もちろん贅沢を言うつもりはない。ただリュカの記憶している米はもっと舌触りも味もよかったので、改善できる方法があれば探りたいと常々思っているのだ。

「あれっ、お客さま？」

「はい、モーリスさまがおいでです」

マノンが丁寧に頭を下げてそう言った。このままこの家が廃れてしまえばマノンもドリアーヌもオーブリーも、ほかの使用人たちも暇を出されてしまうのだろうか。ノエルとセリアがいなくなったように、幼いころから馴染んできた使用人たちとも別れなくてはならないのだろうか。そう思うとますます気分が沈んだ。

「モーリスさん、こんにちは」

「おお、おふたりとも。お元気ですか」

「あんまり元気じゃない」

「おい、カリーヌ」

ストレートすぎる。リュカは慌ててカリーヌを見た。カリーヌは唇を尖らせる。

「だって父さまも母さまも家を空けがちだし、もう一緒に住めないかも」

「うーむ」

モーリスは腕組みをした。少し考える素振りを見せて、そしてにっこりと笑った。

「少し、冒険に行きましょうか」

「えっ、冒険？　でも」

「いろいろと考えるから、気持ちが鬱々とするのです。なにか楽しいことをしましょう。ちょうど探検しなくてはいけない森があるのです。あそこに行きましょう」

「探検？　どういうこと？」

モーリスは「いえいえ、まぁまぁ。行きましょう行きましょう」とリュカたちを連れて行く。モーリスは目的地を「今まで行ったことのないところ」と紹介した。

「なかなか機会がなかったので行き損ねていたのですが。おふたりが一緒だと心強い」

「あ、はい。お役に立てるなら」

モーリスに、ベルティエ家ではなにが起こっているのか尋ねたかった。何度も訊こうとしてカリーヌと目を見合わせた。しかしうまく好機をつかまえることができないままに目的地に着いた。そこは鬱蒼《うっそう》とした森だった。とても深くてバイイの森よりも涼しい。というか寒気を覚える。モーリスはリュカを見て笑う。

「そんなに警戒しなくても大丈夫ですよ、危険な動物はいない森だと確認しています。どんな生態系がある場所なのかを見るために探検してみたいだけですから」

モーリスは呑気な口調でそう言った。にっこりと手を伸ばしてくる。

「森に入りますよ。迷子になったら困るから手をつなぎますね」

「あ、はい……」

モーリスが手をつないできた。もう片方はカリーヌとつなぐ。もう十二歳になるのにどうにも気恥ずかしい。この世界ではあたりまえのことで、十二年も生きていればかなり慣れたけれど。

「わぁ、なんかひんやりするね」

モーリスに負けず劣らず呑気な口調でカリーヌが言う。最初はおっかなびっくりだったリュカも少しずつ中に入っていくうちに大胆になった。

「すごく甘い匂いがするね」

いる。


「美味しそう。お腹すいてきた」

「あ、あれ！」

弾んだ声でカリーヌが言った。カリーヌが指を向けた先には赤い果実がたくさん実っている。

「りんご？」

「そんな感じ？　ここでりんごって初めて見たなぁ」

「りんご？　ですか？」

モーリスが不思議そうな顔をしている。リュカは慌てた。またこの世界にはない言葉を口に出してしまった。慣れているモーリスは特に突っ込んではこなかった。

「ええと、名前はわからないけど、そんな感じな果物に似てる」

「へぇ……？」

リュカは慌てて誤魔化した。リュカの身長でも届く場所にひとつ実がなっている。リュカは手を伸ばす。もぐとふわりと甘い香りが広がった。

「わぁ……緑の匂いと混じってもっといい匂いだね」

「僕たちの知ってるりんごとは、ちょっと違うみたい？」

「りんごって言ってもいっぱい種類があるからね」

リュカとカリーヌはしげしげとりんごのような実を見た。モーリスが覗き込んでくる。

「これでなにか、美味しいものは作れますか？」

「むむっ。モーリスさんは僕たちの料理目当て？」

「そんなことないです、リュカさんたちの料理が好きなだけですよ？」

「そうかなぁ？」

そう言いながらも悪い気はしない。モーリスの期待の目に嬉しくなってしまう。

（我ながらちょろいな……）

それでも喜ばれているのは嬉しい。リュカたちはできるだけたくさんりんご（に似た果物）をもいだ。あたりにはますます甘い香りが漂う。

「……あ」

リュカたちを遠巻きにする複数の人の気配に気がついた。振り返る。カリーヌもモーリスも振り返った。

「あっ」

カリーヌよりも小さな子供たちだ。三人がおどおどとこちらを見つめている。

「それ……どうするの？」

おずおずと子供たちが尋ねてくる。モーリスもリュカを見てきた。期待されている気配を感じてリュカは背を正した。

「食べるんだよ」

「食べる？」

バイイの森でエルプの実を収穫したときのことを思い出した。エルプの実は毒だと思われていたけれどリュカが手を加えるととても美味しいものになった。大きさはまったく違うけれどこの実にも大きな可能性を感じる。

「そう、このままだとちょっと固いかも。煮たり焼いたりしたら食べやすくなるよ」

「ふぅん……」

子供たちはリュカの言うことが不思議らしい。ただ首を傾げただけだが、甘い美味しそうな匂いには逆らえないらしい。六つの目がじっとこちらを見ている。モーリスも同じようにリュカを見た。

「一緒に来る？」

腕いっぱいにりんごを抱えるリュカは子供たちに声をかけた。

「一緒に食べる？」

「うん！」

おどおどとした表情だった子供たちは、その瞬間弾けそうな笑顔を見せた。

「そうですね、美味しいものを食べる幸せはみんなでわけあいましょう」

にこにことモーリスが言うと子供たちも笑顔を見せる。

「みんなもりんご集めるの手伝って？」

「え？」

「たくさんあったほうがたくさん美味しいもの食べられるでしょ？」

「そうだね！」

「そうですね」

りんごを抱える腕が増えた。屋敷に戻ったリュカたちは出迎えてくれたオーブリーを驚かせてしまった。

「どうしたのですか、ラクロの実をそんなにたくさん。モーリスさままで」

「ラクロの実っていうんだ、これ」

「そうですよ。おや、ご存知なかったですか？　モーリスさまも？」

「私も初めて見たよ。赤くて甘そうで、美味しそうですね」

「食べる⁉」

オーブリーの声がひっくり返った。リュカもカリーヌもモーリスも、子供たちも驚いて目を見開く。

「ラクロの実は食べるようなものではありません。いけません、とんでもない」

「ええ……もったいないなぁ」

「ラクロの実、食べたら死んじゃうの？」

「死ぬような毒ではないけれど体調を崩します。リュカさまたちみたいな子供たちならなおさら。食べるなんてやめてください」

オーブリーは顔を歪めている。リュカはカリーヌと顔を見合わせた。モーリスにも目を向ける。モーリスは不服そうな顔をしている。立派な大人なのにまるでリュカより小さな子供のような表情だ。そこがとても好ましい。

「でもこんなに甘い匂いするんだから。美味しくできるよ、やってみたい」

「だめです、おやめください！」

なおも頑《かたく》ななオーブリーにとめられる。リュカたちは頷くしかなかった。ラクロの実は回収された。オーブリーが実の入った麻袋を引きずっていく。モーリスも子供たちもとても未練があるような顔をしている。

リュカとカリーヌはオーブリーをつけた。オーブリーは捨てようとしたようだけれどもごみをまとめて焼く日ではないと庭師に止められている。ラクロの実は厨房の隅に置かれた。

リュカとカリーヌは晩餐《ばんさん》のあとの夜遅い時間になって、こっそりと厨房に入り込んだ。オーブリーやほかの調理係たちは自分の部屋に下がったあとだったので見つからないと思ったのだ。以前はリュカがオーブリーの目を盗んで調理台に向かうのはこの時間だった。

今ではリュカ（とカリーヌ）が厨房を使うのは公然のことなのでオーブリーの目を盗む必要はなかった。とても久しぶりだ。

「わっ、誰かいる」

厨房には人影があった。洗い場に向かっていた調理係は年配の男性だ。誰かいるとは思わなかった。こっそり厨房に入ることが久しぶりだったので勘が鈍っていたのだろうか。

「おや、リュカさまカリーヌさま」

「こんばんは。ラクロの実はまだある？」

「ラクロの実ですか？　お料理するのですね」

「よくわかるね」

「ねぇ、オーブリーはだめだって言ってたけど？」

老調理係は片目を瞑った。

「ラクロの実、おふたりなら美味しく料理してくださると思うのです」

「でも……」

そうしたいのは確かだけれどオーブリーの剣幕を思い出すと「いいのかな……」と戸惑ってしまう。調理係は期待する目でリュカを見た。

「オーブリーには昔の傷があるんですよ」

「傷？」

「そう、心の傷です。ラクロの実を食べて腹痛を起こしたことがあるのです」

「実体験だったわけかぁ」

カリーヌは大きく頷いた。リュカも「なるほど」という気持ちだ。

「昔のオーブリーを知ってるの?」

「私はここに勤めて長いですからね。おふたりのお母さまのポレットさまのこともよく知っていますよ」

調理係は片目を瞑った。

「えっ、そうなの?」

「母さまの小さいときの話、聞かせて!」

「ふふふ、またの機会にね」

調理係は意味ありげにそう言って再び片目を瞑った。

「ラクロの実を調理するには、なにが必要ですか?」

「あっ、そうだね。この実……ちょっと固いよね」

「柔らかくしたら美味しいかな?」

「煮りんごとかもいいんだけど、それだけじゃちょっと甘みが足りない感じ」

くんくんとラクロの実の匂いを嗅ぐ。リュカとカリーヌは悩んだ。もう夜遅い、調理は明日することになった。次の日、朝餉もそこそこにリュカたちは厨房へ向かう。廊下でモーリスに鉢合わせた。

「どこに行くのですか？」

「厨房だよ、昨日のラクロの実を食べられるように調理したいから」

「えっ、それは！　ラクロの実のことは諦めていました。私も仲間に入れてください」

リュカはカリーヌと、モーリスとともに厨房に向かう。朝餐の片づけの終わったあとの厨房は落ち着いている。ポレットの子供時代を知っているという老調理係が厨房の隅のリュカたちの場所の準備をしてくれていた。

「私にも味見させてくださいね」

にこにこそう言った調理係は大きな鍋やボウル、ざるに、水甕たっぷりの水を準備してくれていた。

「わぁ……用意するの大変だったでしょ？」

「ラクロの実が美味しくなるのを見届けたいですからね」

そう言って調理係は片目を瞑った。モーリスがしきりに頷いている。

「ウインクするの癖なんだね」

こっそり言ってカリーヌはいたずらっぽく笑った。リュカとカリーヌ、手伝いを申し出たモーリスはラクロの実を丁寧に洗う。ふわりと甘い香りが漂う。そこに若い調理係が大きな木のボウルを運んできた。リュカはそちらに顔を向ける。

「すごくいい匂いだね。美味しそう」

「ケロールの実の乳です」

「えっ、乳？」

「こんなふうに白いから乳と呼ばれます。ですが牛や羊の乳とは違いますよ」

「あ、そうか。ええとこれ……アーモンドミルクみたいだな」

「味も似てるかな？」

カリーヌがひょいとひと掬い舐めた。

「わっ、カリーヌ！」

「うん、濃いね。甘味は控えめかな？」

ボウルの中には白いとろりとしたものがなみなみと入っている。漂ってくる香りはほのかに甘い。確かに牛や山羊の乳とは違う。

「ケロールがたくさん採れたのです。こうやってミルクにしてみたら思いのほか多くできたから料理に使おうかと」

ほかの調理係たちもボウルに鼻を近づけてくんくん動かす。恰幅《かっぷく》のいい女性の調理係が困った顔をしている。

「でも早く使わないと。ケロールの乳は足が早いんですよ」

「だったら、これをこの……ラクロの実と一緒に使ってもいい？」

「なにをお作りになるのですか？」

「りんご……ラクロの実とケロールの乳でムースができないかなって」

「わぁ、ムース！　ふわふわで美味しいよね！」

カリーヌが全身で喜んだ。まわりの者たちも顔を輝かせている。モーリスも「ほぉ、それは……」と頷いた。リュカは断然やる気になった。

「りんご、じゃなくてラクロの実もケロールの乳もいっぱいあるよ！　みんなが食べられるくらいの量、できるんじゃない？」

「そうだなぁ、やってみるか」

気合いを入れたリュカは両手を握りしめた。まわりがわっと沸いた。少しばかり期待が大きすぎる。

「いや、あんまり期待しないで……」

「リュカさんたちが作るものはなんでも美味しいですからね。期待しかありません」

「プレッシャーやめて……」

モーリスの言葉にリュカは肩をすくめた。とはいえ楽しみにされているのは嬉しい、自然と張り切ってしまう。みんなの期待の視線を受けて緊張しつつリュカはラクロの実の調理に取りかかった。山のように収穫したラクロの実をみんなで手分けして洗って皮を剥いて種を取って小さな角切りにする。

「あの、リュカさま。お客さまが」

「え？」

　思わぬ訪問者は昨日の三人の子供たちだ。おずおずとした表情の中にはきらきらと期待が輝いている。

「あの、昨日、途中だったから」

「ああ、うん」

「僕たちも、食べたいなって」

「うん、いいよ」

　にっこりとカリーヌが言った。カリーヌの返事に子供たちの顔が輝く。

「ねぇいいよね、モーリスさんも？」

「もちろんですよ」

　子供たちの手も加わって作業は進んだ。細かくしたラクロの実を大きな鍋に入れてことこと水で煮込む。難しい作業ではないのでおしゃべりしながらの作業の中で子供たちとすっかり仲よくなった。

「今からなにするの？」

「ケロールの乳とはちみつと、パン粉に塩を混ぜて弱火で温めるんだよ。これを、りんご……ラクロの実が煮えたら絡める」

「うわぁ、美味しそう！」

金髪の少女が両手を挙げて踊り出す。厨房がわっと沸いた。

「ケロールの乳もラクロの実もまだありますよ。余るようならほかに使いますが」

「そうなの？　ずいぶんいっぱいあるんだね」

リュカは「そうだ」と声をあげた。

「じゃあ、あれ作ろうあれ！」

「あれ？」

カリーヌは首をかしげる。リュカはうなずいた。

「お米あるかな？」

「ありますけど」

調理係はなぜそのようなものを、と訝しがる表情だ。調理係が奥から麻袋を引っ張り出してくる。

「わぁ、大きい粒だね。あにちゃ、なにするの？」

「ケロールの乳を甘くして、それで煮たお米をりんごにかけるんだ」

「へぇ！」

「これがマンゴーとココナツミルクだったら、カオニャオ・マムアンになるところだよ」

「カオニャ……？」

「タイのお菓子だよ。アーモンドミルク、もうちょっと甘いほうがいいからはちみつ入れたいな。樹蜜……使っていいのあるかな？」

「樹蜜ならこちらを使ってもらっていいですよ」

「わぁ、ありがとう！」

なにしろ現在は経済危機のさなかなのだ。はちみつも樹蜜も使うのを躊躇う。その点は無事にクリアした。ラクロの実を煮込んでいる間にカオニャオ・マムアンもどきを仕込む。

「こんな細長いお米、見たことなかった」

「形からするとインディカ米っぽいな。炊《た》くんじゃなくて茹でるんだよ。パエリヤとかに使うやつ」

「ああ、なるほど」

「なになに、どうしたの？」

前世の記憶を共有する兄妹が話しているところに子供たちが集まってくる。話の内容をそのまま告げるわけにはいかない。前世の記憶があることを気取られないように茹でている米の説明をした。そうしているうちに鍋の中を覗き込んだ調理係が声をかけてくる。

「ラクロの実が柔らかくなりましたよ」

リュカをはじめ子供たちはいっせいにそちらに顔を向けた。

「じゃあ、仕上げしようか。そっちのりんご……ラクロの実は粗《あら》く潰すんだ。こっちのは櫛切りにしようか。お米が煮えたらその上に乗せるね。ナイフあるかな？」

「あにちゃ張り切ってるね」

「今までお菓子作る機会はあんまりなかったからかなぁ」

「エルプの実の蒸しパンは美味しいよ？」

「食べたいんだったらまた作るよ。エルプの実以外でもできると思う。この、ラクロの実でもできると思うよ」

「はぁい、楽しみにしてる！」

　火にかければあとは早い。煮込んだラクロの実はとろとろになっている。スプーンの背で潰した実にケロールの乳を加えてふんわりふんわり混ぜる。

「ムースができた」

「米が煮えましたよ、ほら柔らかい」

「ありがとう！」

　ケロールの乳で煮た米の上にムースを飾った。

「はい、こっちはラクロの実のムース。こっちはカオニャオ・マムアンもどき！」

「わぁぁぁい！」

　厨房は賑やかな歓声に包まれる。厨房で働く者たちが快哉を叫んでいる。その光景にリユカは戸惑った。

「足りたらいいけど……」

ばんざいをしている者たちは何人いるのだろうか。屋敷の者たちだけではない、近所の者たちも集まっているのではないだろうか。皆を喜ばせることができるのか心配してしまう。リユカは皿によそう指揮を執った。ひと皿に載せられるのは少しだけだ。

「いただきます！」

「わぁ、美味しい！　甘い！」

「口の中でとろけるね」

「ふわふわだぁ、飲み込んじゃうのもったいない」

皆の喜ぶ声が雪崩のように耳に届く。リユカは今までにない感情を抱いていた。

「美味しいって言ってもらえるとすっごく嬉しいね」

カリーヌが話しかけてくる。うん、とリユカは大きく頷いた。

「いっぱいの人に言われるとますます嬉しい。なんか嬉しい気持ちがむわって湧いてくるみたい」

「むわってなんだよ」

そうカリーヌに突っ込みつつ自分でも味見をしてみた。味はとてもよかった。自画自賛してしまうほどだ。

「あれっ、もうなくなっちゃった」

「もっと食べたいな」

そんな不満の声もリュカを喜ばせた。皆が期待の目を向けてくるのはプレッシャーだ。それだけ喜ばれているのだと誇らしくもある。人数が多いから材料費もかかる。しかも今は家の経済状態がまずい時期だ。こういう機会をしばしば持ちたいなんておいそれと言い出せるものではない。

「あにちゃ、どうしたの？」

「んー、たくさんの人たちに喜んでもらえたら、嬉しい気持ちも大きいなって思って」

「あはは、あにちゃ詩人！」

「からかうなよ」

「ごめんごめん、そういう意味じゃないよ。嬉しいのはわかる。みんなわたしにもいろいろ聞いてくるもんね。作り方とか。りんご、じゃなくてラクロの実もまだまだあったね。また採りに行こう？」

「おまえ、りんご狩りがしたいだけじゃないのか？」

「えへへ、それも楽しいよね！」

「これ、もう食べられないの？」

空の皿を前にせつない表情の子供たちにそう言われた。子供たちのあまりに悲しそうな顔にリュカはたじたじとなる。

「また食べたい」

「すっごく美味しかった！」

「うん、ありがとう……」

きらきらとした目を前にリュカはうんうんと頷いた。

「でも……今までみたい、には」

今までは食材の入手に不安を抱いたことはなかった。今は両親におねだりなどできない。たくさんの人たちに振る舞うとなれば確実にラクロの実を収穫できる方法を確保しなければならない。ケロールの乳もたまたまケロールがたくさん採れたから手に入っただけであって、皆に食べてもらうだけの量を確保するとなれば費用がかかる。子供たちのリクエストに応えたいと思っても今の状況では無理だ。リュカは肩を落とした。

「お金か……」

「リアルぅ」

「茶化すなよ、よっぽどだよね」

「よっぽどだからこうなってるんだろうな」

「よくわからないけど……ヤバいってことだけはわかる」

「うん、ヤバいんだろうね」

語彙力《ごいりょく》ゼロの会話だけれどリュカは考えているのだ。どうにかしてピンチの両親の助けになりたい。しかしリュカは子供で、できることはなにもない。そう思うともどかしくて歯痒くて仕方がない。なにもできないともどかしく思いながらも日が過ぎた。モーリスはすぐに帰ってしまい、両親はあまり帰宅せずノエルもセリアもおらず、さみしい日々だ。

「ねぇ、あにちゃ。こないだのさ、ふわふわのお料理のことだけど」

「カオニャオ・マムアンか？」

「そうそう、カオニャ……あにちゃはよくすらすら言えるね。で、アレ。みんなもっと食べたいって言ってたでしょ。もっといっぱい作れないかなって」

「でも、材料がなぁ……」

兄妹は食堂にいる。もぐもぐしながらリュカは呻いた。

「たまに採れるとかじゃ、みんなに食べてもらうってできないからなぁ。定期的に出すとなると材料の確保とかいつでも同じ味で調理できる人手の確保とか」

「そうか、家庭料理に飽きないのはいつも少しずつ味が違うからだってね。プロじゃないからこそできること」

「逆にレストランとかで食べるたびに味に変動があったら困るよね。あそこの料理が食べたいって行くのにそのたびに味が違ったら行かなくなっちゃうもんな」

「そっかあ……その点うちの厨房の調理係のみんなって全員すごく優秀なんだね」

ふたりでしゅんとなりながら食事を続ける。

「お子さま方、今日の食事はお口に合いましたか？」

「あっオーブリー」

食堂にオーブリーが現れた。カリーヌは「オーブリーは食べた？」と明るく声をかけている。リュカはなおも考えた。

「うーん、好きなときに好きなように作るのとは違うからなぁ。そのためには厨房も間借りじゃなくてちゃんとした設備とか人手とか必要だから。そういうの揃えるの子供の力じゃ無理だよな。建物とか土地の契約とか、借りるなら賃料支払いの手続きとか……そんなの子供じゃできない、大人に手伝ってもらわないと」

「そういうの、セヴランさんとか得意そうだよね。力を貸してもらえたらいいのになぁ」

「うん、セヴランさん……そうだね。セヴランさん行方不明なの、大丈夫なのかな」

「あれから聞かないんだよな……泥舟街の人がいなくなることは珍しくないみたいだけど」

「わたしはいい人にしか会ったことないけど、ヤバい人もいるだろうしね……」

カリーヌが声を沈ませた。リュカは「ああ」と頷く。

「あの、リュカさま。カリーヌさま」

「なに、オーブリー？」

「あの、ええと……」

「どうしたの？」

オーブリーにしては歯切れが悪い。リュカは首を傾げた。

「マノンがいなくなっています」

「え？　マノンが？」

「なにかあった？　特に不満がありそうとか思わなかったけど……」

「僕たちが気づかないうちに、ってこと？」

「なんでだろう？」

マノンになにがあったのかなんて見当もつかない。ちょうどセヴランの話をしていたこともある。セヴランも、ペラジーも行方不明のままらしい。だからこそますます不安になってしまう。

「なにをしている、リュカたちにできることは思いつかない。

「コラリー！」

「えっなに？」

オーブリーが大声をあげたのでリュカは驚いた。厨房の裏扉が開いているのが見える。庭園の裏手に通じる扉だ。リュカは庭園には毎日出ているけれどリュカの知っているのは庭師が丹精《たんせい》込めた表の庭だ。裏庭にはほとんど足を向けたことがない。しかし今は使用人が減っているので本来するべき以外の仕事をしなくてはいけない者が増えているのだ。コラリーは両親の書斎で働く小姓の少年だけれど裏庭の手入れに駆り出されていたらしい。

「また庭に雑草が生い茂ってしまって」

「おや、いくらいい季節だとはいえそれは困ったな。いや、しかし雑草を持って厨房に入ってきてはいけない。捨ててきなさい」

「えっ、それ！」

コラリーの持っている草の束を見たことがある。リュカは椅子を蹴って立ちあがった。

「それ、稲《いね》！　お米！」

「ええっ？」

「お米って……ええっ？」

カリーヌも近くに寄ってきた。ふたりでコラリーの掴んでいる草の束を見る。

「これ、稲の束だよね？」

「うん、見たことある感じ……これ、普通に稲だよ」

「なにを言ってるのですか？」

「あ、ううん、驚かせてごめん。ええとこれ、どうするの？」

「どうするって、刈るんですよ。この時期あちこちに生い茂るんです。刈っても刈ってもきりがなくて」

「食べないの？」

「食べる？」

「なにを？」

オーブリーとコラリーは同時に声をあげた。

「この、お米……だよ、水を入れて炊くんだ。ほこほこして美味しいよ」

「美味しい……？」

「食べる、んですか？」

「あ、いや」

リュカは慌てて両手を目の前でぶんぶんと振った。

「いいえ、リュカさまたちは興味深い工夫したお料理を作られるのですから……この雑草の実で、私たちの知らない美味しいものを作ることができるのでしょう」

「いや、ええと……あんまり期待しないで。でも」

「これってお米だね。カオニャオ・マムアンで使った細長いお米じゃなくて、丸いお米だね。わたしたちが知ってるやつに近い？」

「確かにお米に似てるけれど」

カリーヌはしげしげとコラリーの持っている稲の束を見た。

「これを……食べられるものにできるのですか？」

「うん、挑戦してみたいなぁ」

「そうですか、ならば……」

邪魔な雑草と言われているだけあって稲は裏庭にわさわさ生えている。リュカからすると「もったいない」と思ってしまう光景だ。ほかの者には雑草が生い茂る光景にしか見えないらしいけれど。

「食べようとしたことがないでもないのですよ」

期待している表情でオーブリーが言った。

「しかしいくら茹でても固くて噛めないので。固いままだから汁を吸わなくて味つけもできない」

「このお米は茹でるんじゃないよ、炊くんだよ」

「炊く……？」

オーブリーが困惑する。リュカは思わず肩をすくめた。

「うん、炊くっていうのは……茹でるとも煮るともちょっと違って。お米なんかをひたひたの水に浸して水分を素材に含ませる方法なんだ。煮る、はたっぷりの水で加熱することなんだけど」

「へぇ……そうなのですか？」

いまひとつぴんときていないらしいオーブリーをこれ以上困らせたくない。どうしてもジャポニカ米にしか見えないものをみすみす捨てさせるわけにもいかない。リュカは可能な限り頭を働かせて捨てられそうな稲を救う方法を考えた。

「ねぇ、このお米……料理してみていい？」

「ええっ？　まぁ……そうですね。あのラクロの実も、あんなに素晴らしいお菓子にできるリュカさまですから。この……お米？　これも美味しく料理されるのでしょう」

「う、うん」

　オーブリーが苦手だったラクロの実を使ったカオニャオ・マムアンもどきがずいぶんと受けた。それ以来、今まで以上の絶対的信頼の目を向けられる。おかげでコラリーの持ち込んだ『雑草』を集めて米料理を作るという意気込みは問題なく受け容れられた。

「昔……って、僕たちがあっちにいたころからすると昔ってことだけど。三十年くらい前。お米がめっちゃ不作でタイ米を輸入したことがあったらしいんだよね」

「輸入？　へぇ……」

「二十世紀の米騒動って言われてる。あのころってタイ米、つまりインディカ米とジャポニカ米って調理の仕方が違うって知らない人多くて。インディカ米をジャポニカ米と同じ方法で炊飯器で炊いて、そしたら当然ぱさぱさして美味しくないわけで。タイ米は美味しくないとかって騒ぎになったことがあったって」

「ふぅん……そのお米にふさわしい調理方法ってあるのにね。お米だけじゃなくてなんでも、美味しくなる調理方法を模索するのも大切なんだし」

「知らない人が多かったみたいなんだよな。もったいないよな……で、これも」

「うん、お米の種類ごとに調理法を変えなきゃね。このお米も美味しい食べ方で食べてあげたらすっごく美味しくなるよ。ねぇねぇどうする？　なに作る？」

「まずはこのお米、炊いてみないと。それなりの量を集めないとひと皿とかならないしな」

「それはコラリーたちが手伝ってくれるって」

雑草だなんだとリュカたちからするととんでもない扱いをされている稲はあちこちに群生しているようだ。ずいぶんとたくさん集められた。千歯扱《せんばこ》きや唐棹《からさお》的な道具を作って脱穀《だっこく》する。

「あにちゃ、よくこんな工夫思いつくね」

「なんかこうするって、戦争中の食糧事情を書いた本で読んだ」

「まさかの知識」

瓶に玄米《げんまい》状態の米を入れて搗《つ》くという方法も読んだ本からの記憶だ。

「こうするの面倒だけど、いっぱいお米採れたね」

「これを……煮るのではなく、炊く、でしたっけ？」

調理係が不思議そうな顔をしている。

「うん、浸水時間が大切なんだよね。夏場は三十分、冬場は一時間が目安だっけ。今は……中間くらい？　一時間弱ってところかな……」

「浸しすぎるとだめだったっけ、頃合いを見るのにコツがいるよね」

懸命に記憶を呼び起こしながら米を炊く。洗って水に浸して時間を見て、竈《かまど》にかける。

「はじめちょろちょろ中ぱっぱってやつだな」

「なに、それ？」

「炊飯器ができる前はこうやって竈で炊いてたんだけど、お米を炊く予熱から沸騰、強火で炊きあげて蒸らしてって、必要な手順がこんな歌になってる」

「ちょろちょろ？　あっそれが火加減ってことか」

「そうそう。ときどき土鍋で炊いたりしてたから、コツはちょっとわかる」

「炊き込みごはんとか土鍋で炊いてくれたっけ」

「炊飯器で炊くとお釜が汚れるから。次にごはん炊くときに取りきれなかった油汚れが移る」

「立派な主夫だねぇ」

「冷やかすなよ……」

米を炊いている間にイーヴォの肉を調理した。豚肉に似ているこの世界の食材だ。脂の乗ったイーヴォの肉を指先くらいの大きさに切る。手に入る野菜でよさそうなのを選別した、その中で玉ねぎに似ているカンテッリを薄切りにして小麦粉をまぶして揚げて焼く。手に入る限りの香辛料を合わせて火にかけて沸騰させる。

「にんにく……は、マヌ・レフラが近いんだよな……しょうが、はこれが似てるとして。八角《はっかく》ほしいなぁ。八角あったらもっとそれっぽくなるのにな」

イーヴォの肉と野菜の煮込みの鍋がくつくつ音を立て始める。

「ガスコンロならスイッチひとつで火加減調節できるのにな」

「文明の利器ばんざい、だねぇ」

竈に置いた五徳《ごとく》で鍋に届く炎を調整して弱火にし、五分ほど煮込む。そこに先ほど作ったカンテッリの薄切りとゆで卵を入れて二十分くらいまた煮込む。とろみが出てきたらソース、香辛料を加えてそのまま五分煮込む。

「あ、ごはんも炊けてきた？　いい匂い……」

釜の蓋を開けると、ふわっと甘くて温かい匂いが広がる。

「わぁぁぁ……」

「うわぁ……」

歓声があがった。

「まんまじゃないけど、まんまじゃないけど……すっごく、ごはんだね」

「うん……なんかこう、懐かしい気持ちだな……」

リュカは胸に手を置いた。カリーヌと目を見合わせて大きくため息をつく。同時にイーヴォの肉の煮込みの匂いも漂ってくる。

「強力コンボ過ぎる」

「空腹が煽られる……」

呻きながらリュカは椀にごはんを盛った。椀とはいえ茶碗のような形ではないので理想通りというわけにはいかない。それでもそれっぽく盛りつけるとそれっぽく見える、ような気がする。カリーヌが覗き込んできた。

「あにちゃ、それってなに？」

「魯肉飯《ルーローハン》もどき」

「るーろーふぁん？」

「煮込み豚肉かけ飯ってとこかな。豚肉とかを甘辛い煮汁で煮込んで、煮汁ごとごはんの上に載せるんだ。丼ものだな」

「うわぁぁぁ、美味しそう！」

カリーヌの悲鳴に厨房中の者たちが振り返った。

「ごめんごめん、なんでもないよ」

「リュカさま、なにを作っているのですか？」

「さっきから、ものすごくいい匂いがして……気になって仕方ないのですが」

集まってきたのは残っている使用人ばかりではない。モーリスもやってきた。それなりの身分の人物なのに近所のおじさんくらいの身軽さでひょいひょいやってくる。

「あっモーリスさん、いいところに来たね」

「おお、いいところですか。なになにいい匂いがしますね」

「うん、魯肉飯のつもり。ほらあの雑草って言われてた稲ね、あれがこのごはんになるの。美味しそうにできたと思うんだけど」

「ほぉ……これはこれは」

なおもモーリスの顔は輝いている。

「モーリスさん、食べるの好きだね」

「もちろんだよ。美味しいものを食べているときがいちばん幸せだね」

「そうだね、わたしも幸せ！」

カリーヌが声をあげる。

「あにちゃがたくさん美味しいもの作ってくれるからね」

「そうか、それはいいことだね」

にこにこしているふたりに見つめられてリュカはたじたじとなった。

「お、お口に合えばいいのですが……」

たくさんはないからほぼひと口ずつしか振る舞えない。少ないけれど集まってきた皆に食べてもらった。

「むむ……！」

ひと口頬張ったモーリスは一瞬言葉に詰まる。もぐもぐと嚥下《えんか》したあと大きく叫んだ。

「うーまーいー!!」

「わわっ！」

「あはは、モーリスさん面白いね」

「こら、カリーヌ。失礼だぞ」

「そのようなことはない……そのようなことはないですが、これは、うまい！」

「ありがとうございます……」

モーリスだけではない、魯肉飯もどきを食べた者は皆、物足りなさそうな顔をしている。

「もっと食べたいな」

「わぁ、モーリスさん気に入ってくれた？」

「ああ、もちろんだ。これは量産できないのかな。あの、稲？　をもっとたくさん集めたらいいのかな」

「うーん、人手が必要ですね。精米する方法はどうにかなったんですが、僕たちだけでやるのは限界があって」

「雑草を刈ることができて、美味しいものも味わえる。そのために働く者はいくらでもいますよ」

「うちの弟が仕事がなくてぶらぶらしてるよ」

「確か、私のいとこの子供、だったかな……仕事を探してたな」

「そうだね、職を探している者たちを集めて……」

「モーリスさん？」

にわかに考え込み始めたモーリスを、カリーヌは覗き込む。

「あの雑草……いや、稲か。確か群生している場所が……あそこが荒野ではなく役に立つ田んぼになるのなら。そのためにはぜひとも……」

「田んぼ？　ええと、モーリスさん？」

なおもモーリスはなにか考え込んでいる。ぶつぶつ呟く言葉が気になるけれど口を挟める状況ではない。

「リュカさま、こちらはまだ」

「ああ、行くよ」

ちらちらモーリスを見る。変わらずモーリスは考え込んでいて声をかけるのが申し訳ない。リュカはそっとモーリスから遠のいた。

食器を片づけて厨房を出る。リュカとカリーヌはモーリスに呼び止められた。

「リュカさんとカリーヌさんは本当にすごいですね。これほどの料理、私たちだけで独り占めするのはもったいないないと思うのですよ」

「そう言ってもらって……嬉しいです、ありがとうございます」

モーリスは「そうだ」と言ってぽんと手を叩く。

「食堂を開いてみませんか？」

「えっ？」

兄妹は声を揃えた。モーリスはにこにこしている。

「あなた方の作る料理を提供する食堂ですよ。甘いものでもいいし三度の食事になるものでもいい。なんなら両方。お金をいただいて食事を提供するのです」

「食堂、なんて……」

思いもしない言葉に兄妹は顔を見合わせた。カリーヌが不安そうな顔をしている。こんなカリーヌの顔を見るのは初めてでリュカはますます不安になった。

「食材を集めたり保存したり、なによりも調理する人だって僕たちだけではやれないから雇ったりしなくちゃいけないし。そのためにはいろいろ契約とかあるでしょ？　お店なら店舗用の建物を用意するとか、材料も定期的に仕入れないといけないし味も安定させないといけないし。お金をもらうんなら税金とかいろいろあるだろうし」

「そうですね、それでは私がお手伝いしましょう。私が後ろ盾になりましょう」

「えっ？」

「どうして？　なんでモーリスさんが？」

リュカはカリーヌと顔を見合わせた。

「親孝行のためですよ」

「あっ、それは……」

モーリスの言う通りだ。リュカはカリーヌと顔を見合わせた。

「あなた方の料理なら、充分ご両親の助けになりますよ。私にとっても投資ですから」

そう言ってモーリスは片目を瞑った。カリーヌが嬉しそうに笑った。

「今まで食べられるなんて誰も思いもしなかったあの草、ええと稲、でしたっけね。あれがあんな料理になるなんて」

モーリスはしみじみと満足そうにそう言った。

「ゴリアンテの肉を食べられるようにしたり、バジケテルの蒸干しを販売したり。リュカさんたちの工夫は素晴らしいですからね。そういう意味では驚くことではありませんが」

「モーリスさん、自分が食べたいだけとか？」

「カリーヌ！」

野放図にものを言うカリーヌにリュカは怯えた。慌ててたしなめた。モーリスが大声で笑ったので少し安堵した。

「そうですね、カリーヌさんの言うとおりです。でも私だけじゃありませんよ、おふたりの料理はみんなが食べたがっているのだから。だから食堂を開いておふたりの料理を広く食べてもらいたいと思っているのです」

「そ、そうかな……」

「あにちゃ照れてる」

「うるさいな！」

リュカが声をあげる。そんな兄妹をモーリスはにこにこ見ている。

第七章　猫背亭繁盛

リュカたちの食堂が、モーリスの協力に後押しされて開店することになった。

モーリスがスポンサーで、だから実質オーナーはモーリスだ。それでもモーリスはすべてをリュカたちに任せてくれる。リュカたちは世慣れぬ子供だからその点はモーリスがフォローしてくれる。

「モーリスさんにお世話になってばっかりで申し訳ないです」

「そんなことを言うものではありませんよ、子供はただありがとうと言ってくれればそれでいいんです」

リュカが見た目通りの子供ならモーリス言葉に素直に頷いたかも知れない。しかしリュカの脳内は見かけの十二歳の子供よりは知識がある。だからだろうか、リュカはなにかを感じ取った。

（なんか……ある）

そうは思ったけれどそれがなんなのか具体的なことはわからない。残念ながらそこを読み取れるほど高校生の頭脳は万能ではなかった。

　店舗の建物は町外れの空き家を手配してもらった。改装業者の選択はリュカたちに任せてくれた。

「壁の漆喰《しっくい》はピンクにしたいな」

「うーん、ちょっとかわいすぎない？」

「確か暖色は食欲を増進させるんだよ。ピンクなら優しい感じにもなるし」

「そうなんだ、だったらいいかも」

　内装職人に相談して漆喰に紅草を混ぜることになった。店内はほのかなピンク、切妻型の屋根は淡い緑に仕立てられる。改装が終わったころにモーリスがやってきた。大工ギルドからモーリスに連絡があったらしい。

「この色合い、合いますね」

「そうなんだ、モーリスさんの知り合いの職人さんはみんなすごいね。大工ギルドの人たちですか？」

「そうなのですよ、自慢の者たちでね」

「え？」

　リュカが首を傾げるとモーリスは子供のような顔で肩をすくめた。モーリスはときどきそのような表情を見せる。なぜなのか気になる。カリーヌがモーリスを覗き込んだ。

「モーリスさんって何歳なの？」

「こら、カリーヌ！」

「ははは、構わないよ。私は三十六歳ですよ」

「うっそお」

「カリーヌっ！」

今度こそリュカは大声をあげた。いくらカリーヌがマイペースを売りにしている（して
いない）とはいえこれはまずいのではないだろうか。リュカは慌てた。

「ははは、じゃあ私はいくつくらいに見えるかな」

「えーっと……ううん」

「自分で言っておいてわからないのか？」

突っ込みに徹するリュカの焦りが大きくなる。そんなリュカを見てモーリスはにこにこ
笑うだけなので「これで大丈夫なのかな？」という気持ちになってきた。

「でも三十六歳じゃないなって。だってモーリスさん猫背《ねこぜ》になるから」

「え、あ、っ」

リュカは思わず口を押さえる。今度こそ怒られると身構えた。モーリスの笑い声に驚い
て顔をあげた。

「そうかな？　そういえばよく言われますねぇ」

「うん、頑張ってるときとか猫背になるよね。顔はそんなにお年寄りじゃないけど背中が曲がったらお年寄りみたい。だから三十六歳じゃない！」

「名推理だ」

「じゃあ、本当は何歳？」

「それは秘密」

「ええええ、気になるなぁ」

モーリスは鷹揚《おうよう》に笑っている。はらはらするリュカはモーリスの表情を窺ったけれど気を悪くした様子はないので安堵した。店舗は整った。その日リュカが出したのは一枚の板だ。白く塗ってまわりをレースで飾ってある。

「とりあえず、メニューはこんな感じかな」

「この『ラクロとケロールのふわふわケーキ』って、ラクロの実のカオニャオ・マムアンのこと？」

「うん、そう」

「ケーキって、別にこれケーキじゃないよね」

「ライスケーキとかあるじゃないか」

「屁理屈《へりくつ》ぅ」

「こんにちは、お願いできるかしら」

「いらっしゃいませ！」

第一号の客はサビーナだった。第一号とはいえ試運転のようなものだ。モーリスが来ると言っていたのにサビーナが来たのでリュカは目を丸くして初めての客を迎えた。

「モーリスさまでなくて申し訳ないわ。モーリスさまは御用があって」

「そんなの全然、サビーナさんが来てくれて嬉しい！」

カリーヌは弾んだ声でそう言って、すぐに澄ました顔になって椅子を引いてサビーナを座らせる。

「ご注文は？」

「ええと……『リュカカのジョン』をお願いするわ」

「はい、ジョン！」

元気な声で返事をしながらもカリーヌは首を傾げている。

「ねぇあにちゃ、ジョンってなんだったたっけ」

「小麦粉をまぶして溶き卵にくぐらせて高温の油でさっと焼く料理。酢醤油で食べる、えぇとチヂミとかプチンゲとか、厳密には全部違うけどまぁ同じようなもの。美味しいよ」

「大雑把《おおざっぱ》だなぁ」

「おまえに言われたくない」

「なんでジョンってそのままつけたの。意味不明だけど」

「リュカカのジョンって響きが面白いと思って」

「なにそれ、あにちゃって変わってるなぁ」

「おまえに言われたくないが？」

リュカカを焼くいい匂いが厨房に広がる。じゅっと油が跳ねる音が響く。新しい食堂の新しい厨房にだんだんこんな美味しい匂いや音が染みついて、そのうち「自分の店」と言える存在になるのだろう。そう思うとわくわくした。

「酢醤油がほしいけど。ここは塩かな……」

リュカがぶつぶつ言いながら調理している間、カリーヌが皿やカトラリーを揃えて、たれ類を用意している。料理ができあがり盆に載せて運ぶと目をきらきらさせているサビーナがいた。

「わぁ、サビーナさんも楽しみにしてくれてるんだね」

「いえ……そんなことは」

サビーナはいつものつんと澄ました顔に戻ってしまった。

「楽しみにしてくれてると嬉しいな。お待たせいたしました」

カリーヌはいつも以上の笑顔でサビーナの前に皿を置いている。サビーナのいつにない表情を引き出せてリュカも嬉しい。白い皿に、卵の黄身が少し焦げている（それがまた食欲をそそる）リュカカのジョンがきれいに並んでいる。見た目は完璧だ。リュカは満足の息をついた。

「あら、これ」

フォークでサビーナはひと口食べた。口に入れると控えめながら喜ぶ声をあげた。

「美味しいわ……ええ、美味しいのは知っていたけれど。これは味わったことのない味だわ」

「えへへ、嬉しいな。今日はリュカカで作ったけどなんでもジョンに料理できるし美味しいよ。ワインとかお酒と、塩と胡椒で味つけして小麦粉をつけて溶き卵につけて、フライパンでゆっくり焼くだけだから。きのこでも野菜でも、なんでも。お肉類は長く焼くと固くなるから焼き過ぎないようにしないと気をつけないといけないけど」

「そうなの……」

蕩々《とうとう》と語るカリーヌにサビーナは圧倒されている。リュカは目を丸くした。まるで料理動画の配信主だ。妹にこんな能力があったとは知らなかった。

「どうしたの、あにちゃ」

「いや……なんでもない」

ふたりを見ていたサビーナが言った。

「モーリスさまがここを作る協力を申し出たのは、あなたたちの作る料理をいちばん最初に食べたいからなのよ。わたくしが最初に食べてしまって申し訳ないわ」

「えっそうなの？　そんなこと気にしなくていいよ、モーリスさんにはモーリスさんが初めての料理を出すから」

リュカが笑うとカリーヌも笑った。サビーナは薄く微笑む。初めてリュカカ料理を食べたときそれまで知らなかったサビーナの表情を見て驚いた。今はそのとき以上だ。

「このお店、名前はなににするの？」

サビーナがそう訊いてきた。リュカはなおも驚いた。カリーヌが声をあげる。

「お店の名前は『猫背亭』です！」

「なにそれ？」

「猫背の人がスポンサーだから」

「……誰？」

「モーリスさんです！」

「おい、カリーヌ……いいのか？」

リュカはおろおろしたけれどカリーヌはどや顔をしている。調理係たちも楽しげに笑っている。リュカがうろたえることではないのかもしれない。

（あのモーリスさんが、こんなことで怒るとも思えないし）

サビーナが大声で笑い出したのでリュカはぎょっとした。

「確かにね、猫背！　モーリスさまは考えごとなさるときは猫背になるものね」

「あ、はい……そうだなって」

「あなたたちよく見てるわね、そうねその通り。それを店名にするなんてとても粋だわ」

（サビーナさんってこんなふうに笑うんだ）

驚きのままリュカはカリーヌを見た。カリーヌも驚いている。そんな兄妹に気がついたのかサビーナはこほんとひとつ咳払いをした。

「それはともかく、リュカ、カリーヌ。食堂開業、おめでとう」

「ありがとうございます。協力してくれる人がいっぱいいるから」

リュカたちの食堂『猫背亭』のスタッフはベルティエ伯爵家の厨房の調理係が交代で手伝ってくれることになった。もちろん『猫背亭』での労働ぶんの労賃は支払うのだ。

「お金なんかいいですのに」

困ったようにオーブリーが言う。

「だめだよ、ただ働きを容認しちゃ」

「そんなつもりはありません、ただ……今は、こういう状況なので」

「ちゃんと食堂で稼いで、そこから賃金を払うよ。『猫背亭』が流行ったら父さまと母さまの助けにするしみんなの賃金もあがるよ」

「なるほど、そういうことですか」

「うん、みんなも頑張ってほしいな。僕たちも頑張る」

「モチベーションをあげるというやつだね、あにちゃ」

ベルティエ伯爵家の厨房の調理係たちを中心に『猫背亭』の調理場はまわることになった。仕事を探している調理係たちの縁者たちも雇って『猫背亭』には三人の調理係とふたりの店員が入った。

メニューはどのようなものが出せるか。開店に先駆けてリュカたちは案を練っている。

サビーナに振る舞った『リュカカのジョン』はもちろん、カオニャオ・マムアンもどきの『ラクロとケロールのふわふわケーキ』、ほかにもりんごのようなラクロの実を使ってのスイーツも考えた。今まで捨てられていた牡蠣っぽい貝のリュカカも料理次第で美味しくなることが知られて、喜んで受け容れられるメニューのひとつになった。

「リュカカは焼くのもいいけどオイル漬けもいけそうだね。オイルにエキスが溶け出したら美味しくなるよ」

「オイル漬けは前も言ってたな。確かに美味しそう」

カリーヌはリュカカを貝殻から取り出す。手際はとてもうまくなった。

「このリュカカなんだけど」

「変な名前つけちゃったな……」

「リュカカは牡蠣っぽいからソテーとかも合うよね。煮つけもいいな。バジケテルの蒸干しも出したいなぁ。みそ玉もっと採れるかな」

「カリーヌの見つけたヒット作だもんな」

「ヒット作なんて、そんなぁ」

「いやいや、照れなくてもいい」

　蒸干し以外のバジケテル料理もバリエーションを増やした。白身魚のようなバジケテルを捌いて調味料とともに煮込む。醤油や出汁がほしいところだけれど希望するものはこの世界にはない。幸いこの土地にも大豆に似たドノンの実がある。それを炒って挽いて醤油ふうの調味料にしたものの味にはもう慣れた。本物の醤油の味が懐かしくなる風味だ。

　収穫して精米した米を使った料理も作った。『猫背亭』の出すメニューは米料理と、初心に戻ってのゴリアンテ、リュカカの料理と、ラクロの実を使ったスイーツだ。食材はほかにも安定して手に入るものを模索している。レースで飾ったかわいらしいメニューボードには『とろとろの肉の甘辛煮込みごはんのせ』『魚の炊き込みごはん』『リュカカのジョン』『りんごとはちみつのチーズケーキ』『おこめとラクロの実のミルク煮』『厚切り肉と野菜の煮こみ』というメニューを書き込んだ。

「あ、はちみつは赤ちゃんにはだめだからね、ケーキは赤ちゃんにはだめだね。そのことちゃんと書いておかないと」

「知ってるのか……」

「えへへ、あにちゃが工夫してくれたことだもんね」

なんだかとても照れくさくなってリュカは顔を背けてしまった。

「あーにちゃ」

「なんだよ」

「なんでも。えへへ」

カリーヌが感謝してくれていることはわかる。照れながらリュカは「うん……」と小さく呻いた。バジケテルの蒸干しを使うのなら泥舟街での取引がある。許可を得たい。

「勝手にやっても怒られたりしないと思うけど」

「店に出すってことは金銭が絡むってことだからちゃんとしておきたいし、それに黙ったままなのは気持ち悪いから」

「でもセヴランさん、どうなったのかな」

「うん……それにセヴランさんがいなかったら、バジケテルの蒸干しの扱いはどうなるんだろう？」

泥舟街に向かったリュカたちはエクトルの姿を見かけた。ジョスやマルクも駆け寄ってくる。

「リュカたち大丈夫？」

「大丈夫だよ、ありがとう」

「食堂始めたんだって？　調子はどう？」

「今のところ順調だよ。でね、バジケテルの蒸干しの料理出したいからさ。販売の扱いどうなってるのかなって思って」

「ああ……」

「セヴランさんは？」

「見つからないままだよ。ただバルビエの方で女の人と一緒にいるのを見たってやつがいるんだ」

「バルビエ……？」

思わずリュカはカリーヌと顔を見合わせた。

「バルビエってノエルにいちゃとセリアねえちゃの故郷じゃない。すっごく遠いよ？」

「攫われてバルビエみたいな遠いところに連れて行かれたのかな……女の人と一緒ってどういうことなのかな……謎すぎる」

「うん……セヴランさん大丈夫なのかな……ペラジーさんも」

エクトルの心配そうな顔にリュカは不安になった。姿を消したマノンも両親が捜索の手を広げてくれているけれど手がかりはなくて心配なのだ。人が行方不明になる事件が起こりすぎる。リュカもカリーヌも不安しかない。泥舟街の大人たちに聞かされた話ではセヴランが姿を消してしまった今、バジケテルの蒸干しの販売の権利関係はこじれていてリュカたちが使用の許可を取るだとかそういう話ではなくなってしまったらしい。リュカたちのベルティエ伯爵家の領地の徴税権利にも影響しているのだろうか。

得るものなく屋敷に戻ったリュカは屋内が賑わっていることに気がついた。

「父さま、母さま！」

ルイゾンとポレットが帰宅していたのだ。少し疲れている様子だけれどリュカを見ると顔を輝かせた。

「元気そうね、長いこと家を空けていて悪かったわ」

「ううん、父さまも母さまも元気そうでよかったよ」

「おお、ふたりとも。元気そうでなによりだ」

ルイゾンも現れた。ぎゅっと抱きしめられる。父の温かくて力強い腕の中でリュカは息をついた。

「おまえたち、食堂を始めたんですって？　モーリスさまが助けてくださってるって」

「そうなんだ、お客さんに喜んでもらってる」

「そう、それはよかった……」

ポレットは今にも泣き出しそうだ。もう大きいのに母にぎゅっと抱きしめられて気恥ずかしかったけれど、それ以上に自分が不安だったことに気がついた。ポレットの腕の中で涙が出かける。慌てて何度もまばたきをして誤魔化した。

「ごめんなさいね、おまえたちにも苦労をかけているわね。大丈夫、ちゃんと解決してもとの生活に戻れるように頑張るから」

「領地の、荘園からの地代徴収の権利がどうこうって……どうしてそういうことが起こるの？」

「そういうこと……そうね、おまえたちもそういうことを知ってもいい年ね」

ため息とともにポレットは言った。ルイゾンとポレットの書斎に招かれた。そこで今起こっていることを聞かされた。領地にはたくさんの荘園がある。一年ほど前だ、それぞれからのルートを通じて徴税されるはずの金銭や作物の滞納が始まった。調べると税は徴収されている、そのルートが変えられているのだ。あちこち細かく枝分かれして中抜きされて最終的にベルティエ家に入るものがごくわずかになっている。

「こんなことが起こるなんて思いもしなくて」

ポレットは大きくため息をついた。

「徴税のルートなんてどこかよそから手を加えて変えられるようなものじゃないわ、内部の事情が洩れているとしか思えないの」

こんなに焦燥したポレットを見るのは初めてだ。子供に見せるものではないと気づかってくれていたのだろう。ポレットはいつも通りの笑みを見せた。

「おまえたちは自分のできることをやってくれたらいいの。食堂を頑張ってちょうだい。あなたたちが万が一のとき自分たちで生きていける術《すべ》を持っているのは大切だから」

「そうなんだ……」

リュカとカリーヌは顔を見合わせた。リュカたちが両親に頼って生きていけなくなるかもしれないということか。学問を身につけさせることも然りだ。

（ものすごくシリアスな状況なんだな……そりゃ行方不明の人まで出てるんだからそうなんだろうけれど）

もしかしてマノンやセヴラン、ペラジーたちの行方知れずも関係あるのだろうか。

いい天気だった。今日が本格的な開店初日の『猫背亭』は冬にさしかかった午前中の太陽に照らされている。リュカはメニューボードを店の前に出す。事前に近所には声をかけておいたけれどどれほどの客が来るのかはわからない。二十一世紀の日本ならチラシを配ったりＳＮＳで宣伝するところだけれど紙は超貴重品だしインターネットがあるわけがない。少しばかり不安だったけれどメニューボードを出すと「待ってたよ」と集まっていた五人ほどに声をかけられた。老若男女さまざまだ。

「いらっしゃいませ」

「噂を聞いたよ、美味いものを食わせてくれるんだろう？」

「これ、なんて書いてあるんだ？」

「え、あ、はい『炊き込みごはん』です」

「そうか、ありがとう。おれは字が読めないのでな」

「あ、そうか……」

リュカは驚いて固まった。リュカは貴族の家に生まれて当然のように教育を受けてきた。前世でも学校で読み書きを学ぶのはあたりまえだった。しかし必ずしも皆がそうではないということに気がついたのだ。

その日の営業はつつがなく終わった。閉店後の掃除や片づけをしながらリュカは厨房のスタッフたちに尋ねた。

「みんな、字は読める？　学校とか家庭教師についてとかで勉強した？」

「いえ……」

「字なんか読めなくても、そんな」

厨房の者たちは目を見合わせて首を傾げている。字を読むという概念そのものがないようだ。そっか、とリュカは考え込んだ。

「困らないんだろうけど。この世界では困らないんだろうけど」

「わたしたちって恵まれてるんだね」

しみじみと聞いていたカリーヌが言った。

リュカたちの『猫背亭』がオープンしてからしばらくしたころだ。閉店のあと片づけをして戸締りをしていると背後から声をかけてくる者がある。

「リュカさま、カリーヌさま……」

現れたのは懐かしい顔だった。

「マノン！」

「マノン、どこに行ってたの……こんなぼろぼろになって」

「申し訳ございません、リュカさま……カリーヌ、さま」

「ああ、そういうのはいいから！」

「早くこっちに、お風呂を用意してもらうから！　わぁ裸足じゃない、こんなに汚れて、すごく痩せてる！」

「誰か、誰か！」

リュカとカリーヌは声をあげた。ばたばたと店中が賑やかになった。屋敷に連れ帰られてぼろぼろだったマノンは体も髪もきれいに洗われた。それでもがりがりに痩せているのと髪や肌の艶《つや》を取り戻すのは時間がかかる。痛々しい姿にリュカは心を痛めた。

「どうしたの、マノン。こんなになるまで、どうして……」

「申し訳ございません」

「マノン、謝らなくていい。それにそれだけじゃわからないよ」

「申し訳ございません、申し訳……」

そう言ってはさめざめと泣くマノンと会話らしい会話ができるまでには数日かかった。

「せめて今までどこにいたか教えてくれない？」

「うん、マノンになにがあったのか知りたいんだよ。なにか助けになれるかもって」

「バルビエ……に、いました」

「えっ？」

リュカとカリーヌは顔を見合わせた。

「バルビエって、ノエルにいちゃとセリアねえちゃの故郷じゃなかった？」

「そうだよ、バルビエに帰ったんだよ。今はバルビエでお母さまと暮らしてるって聞いてるけど」

マノンはおずおずとした調子だ。リュカはマノンを宥めた。

「マノン、もっと詳しく教えてくれない？」

「わたしが悪かったのです、わたしが……！」

「わぁ、マノン泣かないで、泣かなくていいから！」

マノンの口は満足に動かない。意図的に黙っているというよりもうまく口が利けないというようだ。脅《おび》えるマノンを追い詰めたくはない。リュカはそれ以上を知るのを諦めた。

マノンが落ち着けば詳しいことを聞きたいし、聞かなくてはならない。

　追い詰められたようなマノンが重い口を開いたのは、マノンが帰ってきてから一週間ほどしてからだ。こけた頬も少しだけもとに戻ったマノンは、さめざめと泣きながら話した。なんとセヴランの名前が出てきたのだ。リュカもカリーヌも、とてもとても驚いた。

「セヴランさんに結婚したいと言われて。その、わたしは孤独な身のうえなので……」

「そうか、マノンにはもう父さまも母さまもいないんだったね」

「ええ……だから、あの。許されることではないのはわかっています、でも惹かれてしまって……」

「あんなにぼろぼろになってたってことはろくな扱いされなかったんだよね。酷い目に遭ったんだね、かわいそう」

「カリーヌ……」

　歯に衣着せぬカリーヌにリュカは慌てた。

「そう言っていただけるなんて……わたしは本当に愚かで……」

「いいんだよ、マノンは悪くない、それどころか被害者だよね。よく帰ってこられたね。えらいえらい」

　カリーヌはマノンが子供のように言った。よしよしと髪を撫でる。マノンが気を悪くしないか心配した。マノンはうつむいて涙を流していた。

その日も無事に営業を終えた。店を閉めて片づけを終わらせる。リュカとカリーヌ、店員たちがランプを消した。

「わぁ、もう暗いね。早く帰ろう」

「あはは、夜はこれからですよ」

「お酒を出すお店ならそうなんだろうね」

「お酒を出すことも考えてくださいよ。その方がお客を見込めますよ」

「そうだね。出すなら珍しいお酒出したいな。仕入れ先を考えないと……」

がたんと大きな音がした。リュカたちは顔を見合わせた。

「なに……？」

音がしたのは裏門だ。体の大きな調理係が逞しい腕を振りあげた。

「私が行ってきます！」

「ひとりじゃ危ない、私も行こう」

オーブリーも言ってふたりが裏手に向かった。

「う、わぁっ！」

「ぎゃあああ！」

「なになに、どうしたの⁉」

皆でばたばた裏手に走る。目に入った光景にリュカは凍りついた。

「わ、ぁ……！」

裏口の扉が壊されている。目出し帽を被った体格のいい人物が三人、棍棒を振りあげて立っている。最初に駆けつけた男性が倒れている。オーブリーが大声をあげた。

「なんだおまえたち！」

オーブリーの迫力に圧倒されたらしい悪漢《あっかん》たちは凍りついた。てんでに逃げ出してあとには猫背亭のスタッフたちだけが唖然と立ち尽くしている。

「大丈夫か⁉」

「うう……」

倒れている男性の調理係は呻いた。怪我はないらしい。リュカはほっとした。

「なんなんだあいつらは！」

「ここらへんに強盗が出るとは聞いていませんが……」

皆怒ったり不安がったりしている。見たところ扉が壊されたくらいでほかに被害はない。

リュカは振り向いた。カリーヌが真っ青な顔をしている。

「わぁ、カリーヌ！　大丈夫か⁉」

「うん、大丈夫……」

気丈にそう言う。カリーヌの顔は青白い。人の顔色がこんなに変化するのを初めて見た。

「カリーヌさま、奥に戻りましょう」

「こちらは私たちが片づけておきます。リュカさま、カリーヌさまをお連れください」

「ほら。カリーヌ」

「うん……」

いつもクールで淡々としているカリーヌがこんなに脅えるとは思わなかった。リュカは戸惑いながらふらふら椅子に座るカリーヌを呆然と見ていた。店員たちは犯人たちの去ったあとを片づけている。警察に近い警吏団がいるけれど一一〇番はないしパトカーが敏速にやってくるわけではない。警吏団は国家として運営している機関ではない、自警団に毛が生えた程度のものでしかない。自分たちで用心棒を雇って自分たちの身を守るしかないのだ。

「なんなんだ……怖いよ」

「関係あるのかな……？」

カリーヌを抱きしめたままリュカは呻いた。

「関係あるって？　なにに？」

「マノンのこととか……」

「ああ、マノンを騙した結婚詐欺の犯人が関わってるかもって、そういうこと？」

「マノンを追いかけてきてとか……もしかして」

震えるカリーヌは呟いた。

第八章　モーリスの正体

　リュカたちはバルビエの地に来ていた。猫背亭が襲撃されたからだ。それ以上の危険があってはいけないのでしばらく避難することにしたのだ。リュカとカリーヌが『猫背亭』を留守にしている間はオーブリーが主導権を執ってくれることになった。オーブリーはベルティエ伯爵家の厨房の長だから小さな店の調理場を仕切るくらいなんでもないと言ってくれた。

「リュカ！　カリーヌ！」

「わぁ、ノエルにいちゃ！　セリアねえちゃ！　久しぶり！」

カリーヌが元気に声を張りあげた。カリーヌが元気でリュカも安心した。ノエルもセリアも元気そうだ。

「今も美味しいもの作ってる？」

「うん、今は食堂やってるよ」

「食堂？」

「うん、お店を開いてお客さんにお料理食べてもらってるの」

「お金ももらうの？」

「もちろんだよ。常連さんもいっぱいいるよ」

「へぇ、すごい！」

「わたしも食べたいな」

「うん、ふたりにも食べてもらいたい。新しいメニューもいっぱいあるよ、『とろとろの肉の甘辛煮込みごはんのせ』とか『おこめとラクロの実のミルク煮』とか」

「わぁ……早く食べたい」

「俺も。リュカとカリーヌの料理、ここでも食べたいな」

「ここで作るのはいいよ、全然。でも店もあるし長いことはいられないよ」

「そしたらさ、作り方を書いていってよ。書いていってくれたらそれを参考に俺たちで作れるかも。リュカたちの料理手伝ってたし、できると思うんだ」

「レシピってこと？」

「そうそう、レシピ！」

「そうだなぁ」

　リュカはカリーヌと顔を見合わせた。ノエルたちの家に用意してもらった部屋で頭を突き合わせてレシピを書き始める。ペンを握ってうううむと悩んでしまった。

「いざ文章にしてまとめるって意外と難しいね」

「頭では説明できると思ってるけど、人に読んでもらって理解してもらえるように書くのって意外と難しい」

「文章を書けるってのとわかりやすく書けるってのは違うんだね。ええと、ここは……煮る？　でいいのかな？」

「茹でると煮ると炊くの違いとか、ちゃんと書いとかないとわかりにくいよな」

「どう違うの？」

「茹でるは、お湯に入れて中までしっかり火を通すこと。煮るは、水に調味液も加えて火にかけて熱を通すこと。炊くは、ひたひたの水分で穀物を煮て食べられるようにすること」

「ひたひた？　汁の量のこと？」

「茹でると炊くは、水分の量で決まるって感じかな」

「ふぅん。水の量が大切なんだったらちゃんと書いておかないとね」

「そういうことも含めて、な。知ってるのとそれを教えるのって違う技術だもんなぁ。文才がほしい」

「レシピに文才を求めることになるとは思わなかった」

「文才ってこういうことにも必要なんだね……」

しゃべりながらふたりは紙束に作り方を書いていく。レシピというほどまとまっていないけれどノエルとセリアに見せた。

「これはすごいね！」

「そうかな？」

「うん、とてもわかりやすいね。リュカたちの手伝いしたことあるだけだけど、わたしにもよくわかる」

「だったらいいんだけど」

「この通り作ってみようよ、俺たちにも作れるかな？」

まったく同じ材料が揃えられるわけではない。そのたびに代用できる材料を検討してレシピに書き加える。試行錯誤しながら『厚切り肉と野菜のオーブン煮』ができあがった。

「これ、リュカとカリーヌの味だ！」

「美味しい！　わぁ、すごく美味しい！」

「ちょっとお肉が固いのは……うーん、同じゴリアンテでも地方によって違うのかな？」

「ちょっと筋が多かった感じだから」

「でも味の感じはあのまんま！　よく食べさせてもらってた通り！　すごい！」

ノエルとセリアの感嘆にリュカは嬉しくなる。それでもバルビエのゴリアンテの固さを少しでも解消したくて厨房に立った。

「前は細かく刻んでみたんだけど」

「ただでさえ固いから、刻むの大変でしょ？　そんなにたくさんできないと思う」

「そうなんだよな……ものすごく手が痛くなる」

「効率的じゃないよね。たくさん作ってみんなに食べてもらうってわけにはいかないなぁ」

「切れ味のもっと鋭いナイフがあったらなぁ」

自分たちが美味しい思いをしたいのはもちろんだけれど、たくさんの人たちに食べてもらって喜んでもらいたい。

「固い肉は、プロテアーゼで柔らかくなるんだ」

「なにそれ？」

「果物とかに含まれる酵素だよ。酢豚のパイナップルとか」

「ああ！」

我が意を得たりというようにカリーヌが手を叩いた。

「じゃあこのゴリアンテのお肉も、果物入れたらもっと食べやすくなるかな？」

「たぶんね。でもここにパイナップルは……ない、なぁ。確かはちみつにも効果があるんだよな」

「はちみつだったらオーブリーを怒らせなくて済むね、ここにはいないけど」

「まったくだ」

ふたりで顔を見合わせて笑った。壺に保管してある樹蜜を使うことは許されているけれど貴重なものであることは変わりない。とはいえはちみつもほいほい使っていいものではないのだ。

「はちみつでも怒られるからな？　樹蜜ほどじゃないけどやっぱり高価なんだから」

「そうだよね、採るの大変なのは変わりないもんね。養蜂《ようほう》だってすごく大変だし」

外見と釣り合わない発言とともにカリーヌは唸った。カリーヌは厨房をごそごそする。なにかを捜しているようだ。

「パイナップルって、たしか松ぼっくりとりんごって名前なんだよね」

「パインとアップルか」

「そう、だからりんごも同じような果物で……ああ、あった！」

「あれ、そんなところにりんご……ラクロの実？　……じゃない？」

「似てるけどね」

季節外れの果物だからそのようなところにしまってあるとは思わなかった。カリーヌが取り出したりんごに似たみっつの果物はいずれも赤くてぴかぴか光っている。

「ラクロの実に似てるけど、ちょっと違うね。もっとりんごっぽい。これをすりおろして漬け込んでみようか」

「ゴリアンテの肉に？」

「そうそう、お肉の表面にははちみつを塗るの。そしたら柔らかくなるはず！」

自信ありげなカリーヌに、首を傾げながらリュカは従った。すりおろしりんごとはちみつに漬け込んだゴリアンテの肉は熟成した牛肉のようなほのかな赤身と同時にりんごとはちみつのいい香りをまとった肉塊と化した。

「りんごとはちみつ……」

「カレー食べたい」

遠慮なくカリーヌはそう呟いた。兄妹が美味しく変化させたゴリアンテの肉は、その日の晩餐に振る舞われた。

「え、これゴリアンテの肉⁉」

「嘘、こんなに美味しいとかあり？」

ノエルとセリアが揃って声をあげている。リュカはカリーヌと顔を見合わせて微笑んだ。

「あんな固い肉なのに？」

「なんだか甘い感じの匂いもするね。だからよけいに美味しい！」

ノエルとセリアの母、エーヴも「美味しい」と喜んでいる。肉料理をつつきながらリュカはまたカリーヌを見た。工夫した肉を一番喜んでいるのは妹だと笑ってしまった。

リュカたちのレシピは少しずつ書き換えられた。試作してもらっているうちにレシピの精度もあがってくる。評判を聞いて欲しいと言う者たちも現れる。改良を重ねた何種類ものレシピは納得できるものとして完成しつつあった。

レシピ作りに熱中することでカリーヌも元気になってきた。環境が変わったのもよかったのだろう。暴漢に襲われてショックを受けていたカリーヌをバルビエに送り出した父ルイゾンの判断は正しかったのだろう。ふたりの子供を育てているノエルたちの母エーヴにもいつまでも世話になっているわけにはいかない。レシピをノエルたちに託してそろそろ帰ろうか。そう考えながらリュカは眠りについた。

女性の悲鳴で目が覚めた。

「な、なに!?」

「わぁぁぁ、どうした？」

小さな家が大騒ぎになっている。リュカもカリーヌも飛び起きた。体格のいい執事グレゴワールが棍棒を振りまわしている。リュカの二十一世紀日本の感覚では、子供を養えないくらいに苦労しているのに使用人を雇っているなんて矛盾している。あのころの日本の困窮家庭でも洗濯機や掃除機、冷蔵庫はあってもおかしくないからそれと同じなのだろう。

（ノエルの家だって貴族だしな。詳しいことは知らないけどノエルの母さまは父さまの姉だから庶民ってことはないんだろう。逆に執事以外の使用人はいないし）

「きゃっ！」

カリーヌが声をあげた。猫背亭を襲った悪漢のせいでカリーヌはトラウマを負ったのだ。せっかく治りかけてきたのに繰り返してはいけない。リュカはカリーヌを抱きしめた。

「あ、れっ？」

執事のグレゴワールが棍棒でひと殴りした男は床に転がっている。呻いている男に見覚えがあった。

「セヴランさん？」

「えええええっ？」

カリーヌの声はひっくり返った。リュカの腕の中から飛び出す。わらわらと集まってきたのは近所の住人たちだ。てんでに押さえつけられてセヴランはたちまち御用となった。

「ええい、離せ離せ！」

「往生際《おうじようぎわ》の悪い……おとなしくしろ！」

セヴランはうつ伏せに押さえつけられた。じたばたしていたけれど力の差ははっきりしている。セヴランは呻きながら床に押しつけられている。リュカはといえばその光景を唖然と見ているばかりだ。抱きしめているカリーヌにはもう恐怖はないようだ。

「なんで、セヴランさん……こんなところに？　なにやってるの？」

「こいつ、こんなもの持ってやがる！」

リュカたちより少し歳上の男性がセヴランの握っている巻いた紙束を取りあげた。

「あっ、レシピ！」

「どういうことなの？」

カリーヌは困惑しきった顔をしている。体の大きい執事のグレゴワールに睨みつけられてセヴランはしおしおと俯いた。這いつくばった格好で顔を伏せては顔を床につける格好になるわけだ。もう抵抗はできない。

「誤解ですよ……私は、なにも」

今まで聞いたことのない頼りない声音でセヴランは言った。がたがたと震えている。リュカはカリーヌと目を見合わせる。

「なに……セヴランさん、なにしたの？　なんでレシピを？」

「なにもしていない、なにも、悪いことは」

「こいつ、こっちにもこっちにも！　全部レシピじゃないか！」

「えええええ？」

セヴランは衣服のあちこちに畳んだレシピを隠し持っていた。どこまで大胆なのか。リュカは大声をあげた。

「レシピを盗もうとしてたの？　盗んでどうするの？」

「売り飛ばすんでしょ」

憤慨したノエルが言った。えっ、とリュカもカリーヌも、セリアも声をあげた。

「欲しがってる人多いもんね、せいぜい勝手に高値をつけて売って儲《もう》けようって魂胆《こんたん》じゃない？」

違うんだ、とセヴランが叫ぶ。

「売り飛ばそうなんて思ってなどいない、誤解なんだ。私は……」

「リュカさま、カリーヌさま。この男のことをご存じなのですか」

グレゴワールはセヴランを遮って言った。

「うん、ラコステにいたころから知り合いだよ。ラコステに泥舟街ってところがあって、そこでバジケテルって魚っぽい生きものを蒸干しにして食料にして販売するルートをこの、セヴランさんに……」

「ん？」

カリーヌの言葉にリュカは引っかかりを感じた。先ほどからの違和感が大きくなる。押さえつけられたままのセヴランの顔色がみるみる蒼くなった。

「ん？　んん？」

「あれ？　ここってバルビエ……」

「マノンってどこから逃げてきたって言ってたっけ？　あんなにぼろぼろになって」

「バルビエだ」

リュカとカリーヌは顔を見合わせた。そのままセヴランを見た。セヴランは今まで見たことがないレベルで慌てている。床に押しつけられたままじたばたしているのは間抜けだ。笑う気にはなれない。

「父さまと母さまに大変な思いさせてる……うちの家をめちゃくちゃにしている……」

「領地の徴税ルートに手を出しておかしくした……詐欺《さぎ》、は、セヴランさんの仕業《しわざ》？」

「詐欺師　詐欺師なの？」

「セヴランさんが、父さまと母さまをひどい目に遭わせている……詐欺師？」

「ち、違う！」

「詐欺師が自分のことを詐欺師ですよとは言わないよね」

「違います、そのようなことを！　やめてくださいカリーヌさん！」

「マノンは、確か……結婚を約束してたのに騙されたって。実家もない不安な身だから結婚をちらつかされて約束を信用しちゃって……で、うちの内部事情を引き出されたってことか。徴税のルートがなんとかいうのもマノンだったら父さまたちの書斎に忍び込んで情報を盗み出せるよね」

「父さまと母さまが、マノンのことはしかるべきようにするって言ってたよ。悪いのはマノンを騙した詐欺師だもん」

リュカとカリーヌは同時にセヴランを見た。セヴランはますます蒼くなっている。リュカたちの環境をここまで振りまわした人物だとは思えないくらいに気弱な態度だ。それも演技なのかもしれないけれど。

「マノン、結婚詐欺に遭ったたって言ってたね。相手は……セヴランさん」

「セヴランさん、結婚詐欺師なの？」

「マノンに結婚詐欺やったわけ？」

「いやいやいや！　違います！　濡れ衣《ぎぬ》です！」

「結婚しようって口説いて、結婚のためにあれこれ必要だからって嘘ついてむしり取ってある日突然忽然《こつぜん》と消えるって、ああいうやつ？」

「テンプレだなぁ」

「あっ、ペラジーさんも関わってたってことか。ああ、女性絡みで結婚詐欺……なるほど」

「そのあれこれが、マノンの場合うちの内部事情だったんだね。マノンは父さま母さま、僕たちにも申し訳ないってしきりに言ってた。マノンをあそこまで追い詰めるなんて」

「ノエルにいちゃとセリアねえちゃも、エーヴさまも被害者だもんね」

「嘘、なんて……むしり取る、など……！　やめてください、誤解です！　どうか話し合いを！」

「なるほど、なるほど」

男性の落ち着いた声が響く。セヴランがびくりと大きく震えた。リュカは勢いよく振り向いた。

「モーリスさん!?」

　立っていたのはモーリスだ。リュカは大きく目を見開いた。迫力に満ちたあまりにも恐ろしい表情だ。モーリスは笑顔だ、だからこそよけいに怖いのだ。リュカはカリーヌを見た。ふたりで思わず肩をすくめる。

「結婚詐欺のことも聞いています。搾り取るだけ搾り取ってさっさと身を隠したそうですが、その相手はあなた。今のベルティエ伯爵家の厄災すべての元締めはあなたなのですね」

「いえ、あの……」

「ひとつの家の領地を滅ぼさんとするほどの詐欺師が、ずいぶんと急《せ》いたものですね。レシピの販売が金になるとお仲間に信じてもらえませんでしたか？　だから功《こう》を焦って泥棒を企《くわだ》てて、レシピを売って実績を作って仲間を説得しようと？」

「いや、違う……泥棒なんてそんな大それた……」

　セヴランは口をぱくぱくさせている。その表情がモーリスの言葉の正しさを示していると感じた。

（モーリスさんって、すごい圧力っていうか、凄まじい迫力があるんだよな）

　前から思っていたことだ。いつも穏やかで優しくて落ち着いた口調で話すモーリスだ

（美味しいものを食べたときはその限りではない）。だからこそ微笑むような表情をしているとよけいに恐ろしい。圧倒的な迫力を感じる。セヴランも圧《あっ》されたようだ。瞠目《どうもく》してモーリスを見ている。セヴランを見つめるモーリスは笑顔でとても冷静な表情だ。怒ったような表情でもなければ軽蔑しているような気配もない。ただただ伝わってくる冷静さが怖い。リュカが見られているわけでもないのに背中がぞくぞくする。こんなモーリスの前では嘘などつけない。

（ものすごく、怖い……なんというか、そう、すっごく自信がある人の態度なんだよな。人を使い慣れてる、みたいな。自信と威厳。只者《ただもの》じゃないよな。モーリスさんって何者なんだろうか？）

今はその疑問をぶつけられる雰囲気ではない。モーリスは「ふむ」と言いながら床に押さえ込まれているセヴランを見ている。睨んでいるわけではない、ただ『見ている』だけなのにぞくぞくと畏怖《いふ》を感じた。

「あっ、モーリスさん猫背になってる」

「喜ぶなよ」

リュカはカリーヌに突っ込んだ。モーリスの背中は猫背で迫力の感じられる姿勢だとはいえない。それでも逆らえない威風堂々とした圧倒的な態度だ。その前にリュカはたじたじとなる。

モーリスが手を叩くと何人もの革鎧の武装兵が現れた。モーリスはてきぱきと彼らに指示をしてセヴランを引っ立て連行して行った。残されたリュカたちは唖然としている。

この世界で犯罪者がどうなるのかリュカはよく知らない。セヴランは仲間の詐欺師と組んでほかにもいくつもの詐欺事件を起こしているらしく軽い処罰では済まないだろうとモーリスは言った。今リュカたちがここにいる理由、つまりカリーヌの受けたショックの原因の猫背亭に入った暴漢たちもセヴランの仲間で、ベルティエ家に追い討ちをかけようと逸った者たちの犯行だったということが判明した。

馬車に揺られて時間をかけてベルティエ伯爵家の屋敷に戻る。この世界の感覚に慣れているとはいえラコステに着くまでの日々、毎日馬車に揺られるのはリュカたちにとって心身ともにとても辛い。

「もう馬車で移動したくない」

「徒歩で、一ヶ月くらいかけて帰る？」

「もっとやだ……車とか電車とか、この世界でも早く発明されて！」

「それはどうかな……」

リュカとカリーヌはベルティエ伯爵家のあるラコステの地に帰った。いったん切れてしまった地方との連絡ラインを再びつなぎ合わせるために両親は奔走している。留守がちだ。それでももとの生活に戻れるのは嬉しい。カリーヌにも元気が戻っていた。

「リュカ、カリーヌ！」

「マルク！　久しぶり！」

泥舟街に立ち寄った。声をあげて駆け寄ってきたのはマルクだ。ぶんぶん手を振って走ってくる。後ろにいるのはジョスだ。驚いた顔をしている。

「カリーヌ、どうしたの、どこに行ってたの？　長いこと顔を出さないから心配してた」

「うん、バルビエに行ってたんだ」

「バルビエ……ああ」

ジョスがマルクを見て頷き合った。

「セヴランが潜伏《せんぷく》してたの、つかまったのはバルビエだったたって」

「目の前で大捕物《おおとりもの》見ちゃった」

カリーヌが肩をすくめてそう言う。戯けた仕草にマルクが噴き出した。カリーヌはかなり元気になったとリュカは安心した。セヴランたちの陰謀《いんぼう》を伝えると驚いていた。バジケテルの燕干しの販売についてはエクトルや大人たちに相談してくれるとのことだ。

帰宅すると家の中が賑やかだった。

「父さまだ！」

「母さまも！」

リュカたちは両親の書斎に駆け込んだ。

「父さま母さま、おかえりなさい！」

「リュカ、カリーヌ。元気そうでよかったわ」

母のポレットはにこやかに言った。穏やかな笑顔は変わっていない。子供たちを残して飛びまわらなくてはいけないほどの窮地だとは思えない。よく見るとやつれているし目に元気がない。見ているだけで辛くなった。それでもリュカとカリーヌを見てポレットは嬉しそうに笑った。

「ねぇ、母さま。セヴランさん……セヴランは捕まったし。母さまたちはまだ大変なの？」

「ええ、片づかないことが多くてね。おまえたちには迷惑をかけるわ。ごめんなさい」

「父さまと母さまが悪いんじゃない」

「ありがとう。ノエルもセリアも元気にやってるみたいで安心だわ、早くまた引き取りたいわ、エーヴはまだまだ大変だものね。フェリシー姉さまにもたくさん協力してもらって。感謝しかないわ」

フェリシーとはポレットのもうひとりの姉だ。会ったことのない名前しか知らない女性だ。サビーナ、フェリシー、そしてポレットと三人姉妹だということだ。

（そういえば母さまのことあんまりよく知らないな？　日本でそうだったみたいにお盆やお正月に親戚が集まってとかないし。この世界にそんな習慣がないのか、この一族にないのかどっちなのかな？）

「そういえばあなたたち、バルビエではなにを始めたの？　モーリスさまがなにか、あなたたちが始めたっておっしゃってたわ」

「なにか始めたって、なんか悪いことみたいだな」

「そんなことではないのはわかっているわ。なにを始めたの？」

「レシピを作ったんだ、それを売るんだよ」

「まぁ……レシピ？　お料理の？」

「よくわかったね」

「ほかにないでしょうに」

「まぁね……」

あっさり言われてリュカは肩をすくめた。リュカはレシピの販売のことをポレットに話した。丸めて筒に入れて持ってきた力作《レシピ》を見せるとポレットは何度も「まぁ」「まぁ」と感嘆の声をあげて感心してくれた。父のルイゾンも姿を見せた。

「私の子供たちは、今度はなにを始めたのかな」

リュカはルイゾンにもレシピを見せた。売り出す計画を告げる。

「このレシピを読んでもらって、バルビエもそうだしほかの遠いところに住んでるみんなにも同じ料理を食べてほしいんだ」

「そうなのか……そうか、料理のレシピを売る、と」

「うん、料理の実物は運んでまわれないけど、レシピ見てもらったら作り方はわかるから、同じような美味しいもの作ってもらえるなって」

「いくらくらいで売るんだ？」

「えっ？」

「販売するなら価格設定が必要だろう」

「考えてなかったけど……紙代くらい取り戻せたらそれでいいけど。高いと売れないし」

「かといってあまり安いと価値がないように思われるし、足元を見られる。それにあまり安くすると悪いことを考える者たちの手に簡単に渡って転売されてしまう。易々と複製されないように工夫もしないと」

「おおお……」

カリーヌが感嘆した。

「すごい。父さますごい人だったんだね」

「そんなことはないよ」

ははははとルイゾンは笑う。衒《てら》いはないようだ。謙遜でもなんでもない、本当にルイゾンにとっては「それほどでもない」ことなのだろう。リュカは今までになく父に尊敬の目を向けた。

リュカたちはまた毎日『猫背亭』に向かう。リュカたちが帰ってきたと聞いた常連たちが驚くほどたくさんやってきて「待ってたよ」と言ってくれた。

「ねぇ、モーリスさん」

開店準備をしているところにモーリスが顔を出した。セヴランたちのことは任せておいてほしいと言ったモーリスにリュカは尋ねる。

「義務教育ってないですよね、学校も見ない気がする。身分のある人たちは家庭教師みたいだけどそういう環境にない人はどうしてるのかな？　読み書きとか学ぶ場所はない感じなのかな？」

「そうですね、識字率《しきじりつ》はそれほど高くはないですね」

モーリスは不思議そうな顔をする。

「生活に字を読むことを必要としない人が多いからですが……どうしてそんなことを訊くのですか？」

「レシピは字が読めないと使えないから、読める人が増えたらいいなって思っただけなんですけど」

「文字が読めないとレシピも読めない。確かに」

モーリスは驚いたようだった。すぐににやりと笑う。

「リュカさんもなかなか商売人ですね。それは……ずいぶんと。学校ですか……そうですね、リュカさんはとても賢明です」

「あ、はい」

リュカは間の抜けた声をあげた。そのような褒められ方をするとは思わなくてあわあわしてしまう。

「本格的な学校はすぐできないだろうから、まずは寺子屋《てらこや》みたいな感じでって思って」

「え？　寺子屋……」

「あにちゃ！」

慌てるカリーヌにたしなめられた。いつもは反対なのに。リュカが前世の記憶のままに（この世界の者が聞けば）おかしなことを言うのはベルティエ家では日常だったから特に突っ込まれることはなかったけれど、さまざまな客の来るここは違うのだ。リュカの発言を訝るモーリスの表情に焦った。

「あ、すみません。変なこと言って……なんでもないです」

「そうですね、読み書きそろばん……そういう基礎を固めるところから。完全な教育を目指すから躓《つまづ》くんですね、そうか、寺子屋……」

「え？　そろばん？」

リュカはカリーヌと顔を見合わせた。なぜモーリスが『そろばん』などという言葉を知っているのだろう。『寺子屋』と言う口調もきちんと意味がわかっているようだ。兄妹はモーリスを見たけれどモーリスは自分の考えに浸ってしまっているようだ。猫背になっている。なにか呟いているけれど内容までは聞こえない。

（モーリスさんってそういうところあるよな）

リュカは抱《いだ》いた違和感をそう判断した。

（僕たちを茶化すっていうか、からかって面白がっているというか。いやじゃないからいいけどね）

モーリスは心がとても広い。カリーヌが「猫背だ」とからかっても面白がって笑うばかり、それどころかふたりの開いた食堂に『猫背亭』と名づけても気を悪くするどころか喜んでいるのだ。サビーナもモーリスの鷹揚さを話題にしていた。同時に行動力と、この地で自由に動ける大人としての力を持っている。『猫背亭』をオープンできたのもモーリスが言い出してくれたからだ。

「モーリスさんって何者なのかな？」

「さぁ……母さまのお姉さまのサビーナさんの夫だから、僕たちの伯父さま。訊きたいのはそういうことじゃないよな？」

うん、とカリーヌは頷いた。

「しれっとしてるけどすごい人なのは確かだよね。何者か気になる」

「気になるな」

そんなリュカをモーリスが見つめてくる。

「なに、モーリスさん？」

「リュカさんは本当に賢明ですね、十二歳とは思えないほど大人びている」

「え、っ……あ、はい。ありがとうございます」

モーリスはなにかを知っているかのような口調だ。今までモーリスに対して感じていた違和感が大きくなる。同時にモーリスから受ける気配はリュカを安心させてくれる。

「閣下《かっか》！」

そこに大きな男性の声が響いた。どたどたと足音が響く。きちんとした身なりの男性が現れた。

「閣下！　このようなところでなにをしておいでですか！」

「か？」

「かっか？」

リュカとカリーヌは顔を見合わせた。互いに大きく目を見開いている。そのままふたりはモーリスを見た。

「閣下？　閣下って……？」

「あははは」

「閣下、笑っている場合ではありません！」

「ど、ういう……？」

「もしかして、あの、もしかして……モーリスさん……って？」

「馴れ馴れしい呼び方をするな、不敬《ふけい》な」

モーリスを「閣下」と呼ぶ男性が眉をしかめて言った。

「こちらはモーリス・ボワヴァン宰相閣下、レニエ王国の宰相でいらっしゃいます」

「えええ――――っ!?」

リュカとカリーヌは声を揃えた。勢いよくモーリスを見る。モーリスはいたずらっぽい表情をしている。にやにやした顔には少しばかり恥ずかしそうな色がある。そんなモーリスは見たことがない。リュカは何度もまばたきをした。

「あなたがたにはとても感謝しています」

モーリスが言った。小さな声だったのでリュカとカリーヌにしか聞こえない。

「寺子屋のアイデアはとてもよかったです。国民の識字率をあげるのにいいアイデアをいただきました。まずは読み書きそろばん、誰にも大切な教養ですね」

「え、え、えええっ!?」

迎えに来た臣下の男性に急かされてモーリスは行ってしまった。

「ねぇ、モーリスさんって……」

「もしかして」

残された兄妹は顔を見合わせる。

「寺子屋って言葉もすぐに通じたけど、そろばんも……？　なんでそんな言葉知ってるの？」

「モーリスさんも……前世の記憶持ち？　もしかして二十一世紀の日本で生きてた人とか？」

「そんなことある？」

モーリスの姿はもう見えない。リュカとカリーヌは唖然と目を見開いたままだった。

おわり

コスミック文庫α

異世界《いせかい》兄妹《きょうだい》の料理無双《りょうりむそう》
～なかよし兄妹、極うま料理で異世界を席巻する！～

2022年５月１日　初版発行

【著者】 雛宮《ひなみや》さゆら
【発行人】 杉原葉子
【発行】 株式会社コスミック出版
〒154-0002　東京都世田谷区下馬 6-15-4
【お問い合わせ】 一営業部一 TEL 03(5432)7084　FAX 03(5432)7088
一編集部一 TEL 03(5432)7086　FAX 03(5432)7090
【ホームページ】 http://www.cosmicpub.com/
【振替口座】 00110-8-611382
【印刷／製本】 中央精版印刷株式会社

ISBN978-4-7747-6376-7 C0193